D1687423

Luísa Costa Gomes

VISITAR AMIGOS

Luísa Costa Gomes

VISITAR AMIGOS
e outros contos

2.ª edição

D.QUIXOTE

Título: *Visitar Amigos e Outros Contos*
© 2024, Luísa Costa Gomes e Publicações Dom Quixote
Edição: Cecília Andrade
Revisão: Clara Boléo

Este livro foi composto em Rongel,
fonte tipográfica desenhada por Mário Feliciano
Capa: Rui Garrido
Ilustração da capa e pictogramas do índice: Daniel Lima
Paginação: Segundo Capítulo
Impressão e acabamento: Guide

1.ª edição: Setembro de 2024
2.ª edição: Outubro de 2024 (reimpressão)
ISBN: 978-972-20-8364-5
Depósito legal n.º 535 114/24

Publicações Dom Quixote
Uma editora do Grupo Leya
Rua Cidade de Córdova, n.º 2
2610-038 Alfragide • Portugal
www.leya.com

Reservados todos os direitos de acordo com a legislação em vigor
Este livro segue a ortografia anterior ao Novo Acordo.

ÍNDICE

  I A ditadura do proletariado   9
 II O bem de todos   29
III Catilinária   45
 IV Bagagem   67
  V O menino-prodígio   79
 VI O lenço de seda italiana   109
VII Impaciência   121
VIII Cabeça falante   133
 IX As estrelas   153
  X O velho senhor   165
 XI Património   173
XII Visitar amigos   193
XIII Rotas   217

I
A DITADURA DO PROLETARIADO

É um mal-estar, da picada de um pormenor, que depois será esquecido. É o rolo da História que avança, deliberado, descomunal, a massa dos pormenores borbulhando: partes do ciclo terminam, começa o novo da renovação, assim o todo vai mudando, absorto em como cair na nova forma. O concreto disto é o puxador da porta da cozinha. Ele desperta uma atenção maligna para o que na casa se perdeu – a juventude. Donde vem a atenção, não sei dizer. Mas existe uma consciência nova de que se viveu mais tempo do que se irá viver. Começa-se a contar de lá para o presente. Enfim, é saber demais.

De cada vez que ponho a mão no puxador da porta ele faz-se sentir, como um rim que a certa altura dá sinal e no fazê-lo indica a sua existência e incompetência. Abre-se uma brecha no hábito. A porta permanece entreaberta. Descaiu nas dobradiças, arranha a soleira que se revolta. Está raspada, crispada de tal proximidade. Uma coisa é enquadrar a porta, com a paciência e o auto-apagamento das molduras, outra é ter de a suportar. Mas é sempre por essas linhas que a forma se esboroa. Da casa que devia ser luminosa, transparente e muda, recebo a presença de alertas e sinais. Surpreende-me a violência da atenção que lhes dou, como quem anota num caderninho razões para o ressentimento: a janela que não veda como deve, um taco mirrado e outro taco mirrado que se afastaram das margens do seu betume. O olho não despega dos pormenores. Põe-se a fazer listas. Perde a vista curta e cansada da sua idade, a delegação nos vindouros do dever de renovação. Assume ele próprio o balanço do que em vida sua, na sua geração, errou, desperdiçou e corroeu. Tudo isso está velho e deixou de funcionar. Tem um valor de museu vivo, mas sem o aparato das vitrinas, nem a promoção a salvado. O olho varre o pavimento à procura da imperfeição, a imperfeição dos elementos em si e do casamento entre eles, a régua levantada, a junta solta. Há uma fissura. Há outra fissura. Entrevê-se, por elas, o fim. Parece que a casa deseja separar-se de si própria e da terra em que nunca ganhou raízes. O olho inveja a novidade, imagina. Finge que se pode renovar. Pior, o olho inquina o espaço de uma exigência que negue a história e o processo. Como um branco dente-implante afirmando que é ele o original da coisa que morreu. E apanha-se a mandar renovar a sua casa quem grita aos sete ventos que não deseja senão uma cabana à beira-mar, um luar de Março, prazer e luau. Esta é uma casa que se carrega às costas de outras vidas, o espaço embutido de recordações, o sítio onde primeiro, o sítio onde por último, e tudo isso fede a repetição, a obrigação, acavalando sobre episódios que nada têm a ver com os iniciais. Hábito e conformidade, contrários do amor eufórico, que é início, jactância e prospectiva. Tiros no escuro. Fantasia, futuro.

Manda a circunstância que quem quer a obra não saiba fazê-la. Os anos vão correndo em devaneios de casas de revista de decoração. Passam cinco, passam dez. Não há quem faça, a classe operária tem o seu próprio calendário de renovação. Primeiro os ricos, os ricos e famosos, os patos-bravos, os especuladores. Os investidores. Os que criam o valor. Perguntam-se entre si os bons burgueses: e encontrar um canalizador? Boa sorte com isso! Canos ferrugentos, suspeita de roturas, infiltrações, inundações, que são elas senão pretextos para avançar sobre o inevitável? E eu atirada para o futuro, a imaginação a ferver, a excitação do perigo, da criação do novo. Como estar quieta quando se abre adiante a perspectiva? «Fazer a obra», não há como resistir à nobreza da expressão. À imperiosidade de toda a utopia.

Vem uma fase de transição – ainda tenho esperança de que nada aconteça, de que não haja empreiteiro, ou ele não tenha tempo, ou não haja material, ou o orçamento seja o obstáculo. Tudo isto se há-de confirmar, mas noutra realidade – comigo dentro dela. Eu é que já estou demasiado avançada, a minha intuição esbracejando e gritando contra mim, mas ignorada. O volume de debate íntimo e deliberação que se segue é o equivalente ao de dois orçamentos de Estado. À volta é um coro de chamadas à prudência. Nunca houve obras em casa que corressem bem. Olha o que me aconteceu, e cada um se desvela e mostra a chaga. Há quem exiba um sucesso ímpar, uma estante de madeira maciça, testamento de um carpinteiro entretanto morto ou desaparecido; ou visito um apartamento inteiro, admirável, diante do proprietário que sorri mudo e triste, abanando a cabeça como quem não quer lembrar o que passou. Vamos pela história pessoal: não há prova de que obras possam resultar. Elas estão enterradas, essas experiências de desconsolo e desamparo, atiradas de qualquer maneira para o sótão (abandonado a meio), afundadas no soalho flutuante (ferido de morte, novo em folha, por uma serra eléctrica), aí emparedadas. A fase dos orçamentos fica marcada pela esperança de que afinal se não possa fazer a obra. Os preços são um jogo da glória e os obreiros sofrem de falta de sindicato: levam o individualismo a extremos de ridículo. Um cobra tanto e o outro leva metade, outro dez vezes mais, outro quase nada. O cliente desconfia que não saibam como pôr o preço no trabalho. Aceito, enfim, uma recomendação amiga, um homem que faz tudo a orçamento médio-alto, bem e devagar. Pode eventualmente nunca acabar a obra, mas o que ficar feito terá a solidez de uma fundação. Conformo-me e dou o sinal de partida.

Estamos nisto quando se dá um imponderável. Aqui eu punha um redondel de considerações sobre a virulência do imponderável na História. Os acasos que fazem antecipados regicídios, as vinganças pessoais que movem revoluções, a pequena História que determina a catanadas de acaso, o sentido da outra, da grande. Como quer que seja, na véspera do início das obras veio ter à minha porta o rapaz do anel. Supus que trabalhasse aos fins-de-tarde em biscates, e eu esperara tanto tempo por ele que me tinha esquecido de que um dia, se Deus quisesse, havia de acrescentar um anel à charneira da dobradiça e assim elevar a porta da cozinha.

Travámo-nos de conversas e eu expus-lhe não todas, mas grande parte das minhas apreensões quanto à iminência das obras gerais. Ele desengonçou a porta, enfiou o anel no pino, engonçou de novo a porta e o todo não levou trinta segundos. Subida, a porta abria e fechava sem se impor ao batente; trinco e lingueta deslizaram para os seus refúgios. Enfim, gente e coisas, tudo suspirou de alívio e sentimento de completude. No entretanto, o rapaz do anel não parara de falar num sonho que ele tinha – e que, a propósito, estava prestes a concretizar-se. Acabavam-se os biscates e o trabalho para os patrões. Nem deus, nem donos. Abria a sua própria empresa de renovação. Reconheci em mim, de outras experiências, o malfadado sentimento de estar perante um golpe do destino. Julgo-me estupidamente em ligação metafísica com o universo, como se soubesse alguma coisa que realmente não sei. Mas isso é assim mesmo, é como fazer a mala para um país desconhecido. Não sabemos que tempo fará. Ponto final. Podemos apenas treinar-nos para uma certa indiferença ao clima e emalar também as aspirinas. E o rapaz do anel, na sua volúvel e forte fantasia, era nem mais nem menos do que um mensageiro do futuro, trazendo um recado da próxima fase da História. Ah, faz renovações?, perguntei. É mesmo o que eu faço, respondeu, quase denegando o simples conserto da ferragem de uma porta. E sacou do telemóvel, mostrou casas de banho de mármore negro raiado a branco, ao gosto do nómada digital enriquecido da época. A visão estava lá. Então e quanto é que me leva por...? E aí está o projecto da minha obra. Como seria de esperar, era irrealista o orçamento dele. Mais valia trabalhar para aquecer.

A miragem, no entanto, cintilava diante dos meus olhos. Como não sou completamente parva, disse que achava pouco, insisti em pagar mais. Ah, a generosidade do visionário, a complacência do bom burguês! A moralidade superior da classe decadente! Mas ele, de nobre estoque comunista, susceptibilizou-se, sabia muito bem fazer o orçamento (que havia de subir para o dobro e mesmo assim era de menos). Para quê dizê-lo? Já éramos amigos, mais do que amigos, companheiros de estrada, estávamos do mesmo lado da trincheira, todo o diálogo se alterava. Ergueu-se diante dos meus olhos essa imagem de obreiros puros, íntegros, diligentes, bons profissionais, sem a ganância de margens de lucro estratosféricas, vivendo comigo num mundo harmonioso de valores arcaicos, em que as classes lutam, mas a justiça prevalece, o aperto de mão sela os contratos, e a reputação e o bom nome são o que se leva desta vida. Havia nele uma comovente vontade de me proteger, do filho que ajuda, do filho que resolve, que trata e mima e nos poupa a toda a aflição. Mais tarde hei-de suspeitar que o orçamento é feito a olho. O obreiro olha para o cliente e o seu entorno e calcula quanto é que ele poderá pagar. A fase seguinte joga-se entre o caríssimo e o carote. Mas se eu pudesse ainda acreditar que o caro é bom e o barato é contingente, era sinal de que não tinha vivido.

Despedi sem pingo de culpabilidade o honesto operário que de picareta em punho estava a ponto de me deitar abaixo uma parede, e aceitei embarcar na nau do protector. Era aventureirismo, admito. Seguiram-se os orçamentos por alto e por baixo. Como era demasiado maravilhoso para ser verdade, acreditei. Houve um compasso de espera. Marcou-se o início do ano para a epopeia. Na véspera, ainda sem saber muito bem o que me acontecia, arrumei tudo em sacos mais ou menos, fiz as malas e entreguei a casa ao seu destino.

Há o projecto e o enjoo do projecto, parte integrante do seu cumprimento. A náusea do projecto traz também a compunção pelo desejo de cumprir desejos, uma culpabilidade legítima, clássica, pela húbris. Quem julgo que sou para me meter a fazer obras em casa? Mas o presente já não quer ouvir mais nada, clama pelo futuro, pela próxima fase. Nesta, conclui-se que não há o material que queríamos, nem a cor, nem a quantidade, nem entregam em casa, e são seis semanas para deitar a mão à encomenda. É o mesmo que perceber que a ideia que tínhamos não dá para romance, mas é capaz de fazer um conto largo simpático. Que talvez não seja nem sobre o que quisemos, nem como quisemos, mas alguma coisa há-de ser.

Não se consegue enumerar tudo o que aprendi. Resume-se talvez assim: a vida é breve e nem tudo é como se quer. Não será original, mas é vivido. A urgência da obra confronta-se com a escassez de material. Com a especulação que a escassez implica. Com os ideais a desmoronar um por um, de degrau em degrau na decepção, assim se compõe a obra. Vamos por compromissos, fazemos não o que queremos mas o que temos de fazer para não nos atrasarmos. Com os homens à espera, quem pode ter o que quer? Entra esta caprichosa na entaladela dos compromissos e o presente avança. Um conformista *aggiornato* chamaria «crescer» ao massacre do desejo. Ouço conselheiros, estóicos tanto quanto eu,

avisar que tudo passa nesta vida, o bom, o mau e o assim-
-assim. Que no final hei-de gostar do que estiver feito. Se não
ficar melhor, fica pior. Adágios e provérbios. São candeias
acesas na noite, estas canções. Aprende a conceder, todo
o voto deve ser útil, o bom é inimigo do óptimo, é isto ou
pior que isto, e toda a parafernália de dizeres desesperados,
cruz de pregar perfeccionistas. Na realização do sonho
perdem-se quer o sonho, quer a sua realização: o sonho cumpre-se quando a realização desvirtua no cumprimento aquilo
mesmo que devia cumprir. Avançamos, e isto é crucial, sem
poder ter o que queremos e, a certa altura, por isso mesmo,
já sem saber o que queremos, nem porque quisemos entrar
na obra. A ligação ao empreiteiro torna-se por isso mais emotiva e maior a dependência. Com essa primeira machadada
da realidade eu estou vulnerável à sua orientação. A relação
passou a ser o fundamental, a relação de confiança de quem
não sabe nada e se põe nas mãos de quem se julga que sabe
tudo. As estatísticas mostram que, sendo mulher, e de idade
avançada, estou em posição privilegiada (diria, talvez em
segundo lugar, logo atrás das crianças) como alvo de mecâ-
nicos de automóveis, vendedores de purificação do ar, elec-
tricistas encartados da EDP, das profissões técnicas em geral.
Isto é virtude minha, não é vício de outrem. Ele, o empreiteiro, cumprirá dentro do possível o sonho corrompido.
A sua responsabilidade histórica acaba por alcandorá-lo
a protagonista. E é assim que o proletário constrói a sua ditadura, tornando-se o empreendedor da universal renovação
das ruínas. A burguesia sonha, o proletário faz, o mundo pula
e avança.

Vem Janeiro, ameno, cheio de sol, mesmo bom para trabalhar. Não há pingo de chuva. O universo sorri ao novo empreendimento. Um vento de mudança sopra sobre a casa. A primeira semana é revolucionária, apostada em destruir. Há uma ligeira preocupação em proteger com um plástico as partes que não serão agredidas, mas cedo se torna evidente que nada está a salvo. Reinam o maço, a picareta, o martelo pneumático. É um movimento colectivo: ao raiar do primeiro dia da nova era sobe a escada o grupo de jovens com propósito e um homem mais velho, cuja função é ainda incerta. Parece um grupo de adolescentes com fome e sede de vingança. São sete irmãos da mesma mãe e do mesmo pai, cada um com a sua especialidade em obras de revolução, de José a Vladimiro, de Leôncio a Carlos e Frederico e um por outro para despistar é Paulo ou Pedro, nomes bíblicos do arrependimento ou da fundação de igrejas. De pedreiro a canalizador a ladrilhador a electricista, estão representadas as artes e técnicas mais nobres e necessárias. O irmão mais novo, o espírito da organização que também faz os acabamentos (e perfeitos que eles são!) é deles inspiração e guia. Foi, de todo o arraial genético à disposição, declinado em tantas e tão úteis manifestações, quem arrecadou o talento empreendedor. A sua propulsão é difícil de conter. Ainda jovem, tem na história pessoal tragédias e sobrevidas. Sabe que irá vencer. Está a caminho. Nesse caminho, como pedra ascensional ou escolho, logo se verá, estou eu também e as minhas teimosias.

Mas de todos não é ele, a meu ver, o mais admirável. Um dia, no dealbar do período revolucionário, entro em casa já na qualidade de espectadora. Dou com o pedreiro a malhar na parede. Aquele levantar ao alto, para se abater de novo no obstáculo, convoca imagens políticas de insurreição, de motim sem lei, é a invasão de Versailles, é a tomada da Bastilha. São barricadas, pedras, bandeiras ao ar. Não se conversa com uma parede. Não se pede com bom modo, não se argumenta, para que ela se convença a cair. Redescubro ali o fascínio do intelectual pela força bruta, a clareza da sua afirmação, a positividade do prazer de dominar a matéria, reprimido em gente civilizada. Imagino donos de plantações, senhores e senhoras, por alpendres, pérgolas e belvederes, a verem trabalhar os seus escravos. Sinto pelos meus operários a inveja própria do ocioso que nada pode senão beber um chá mole a sonhar com a libertação e com a autonomia.

A primeira etapa cumpre-se, portanto, com a violência de um furacão: um magote de operários escavaca paredes, lança nuvens de poeira sobre os pobres bens. Armários são despejados sem piedade, mostrando o sóbrio tesouro de pratos desemparelhados, restos de colecção, vindos de gerações que há muito despacharam esta parte. Vivemos, operários e a sua clientela, em consonância; quanto mais se deita abaixo, mais vejo que é possível deitar mais abaixo. É a vertigem. Começa-se numa ponta, vai tudo raso. Não é possível destruir por fracções. Não há reforma que possa acalmar a sede do novo. Ou tudo, ou nada. Do chão ao tecto, não fica pedra sobre pedra. É terra queimada. Lançou-se há muito o orçamento às urtigas. O entusiasmo é tudo. Passo grande parte do meu tempo a estudar sanitas. A ponderar bidés.

A calcular medidas aos espelhos. Visito a obra todos os dias pela mesma hora. Vou bem protegida de máscaras e gorros, que os operários contemplam com humor e bonomia. Vou testemunhar a epopeia: ainda não sei que hei-de compô-la e que hei-de cantá-la. Penso, ingénua, que a minha presença pode impor algum bom sentimento, moralizar em todos os humanos sentidos. Pelo menos, compelir à compaixão. Cá fora, à porta, Pedro-o-pedreiro fuma uma pirisca, num intervalo de brutalizar a parede do fundo da casa de banho. Admiro a voracidade daquele pulmão, insatisfeito de pó e de caliça, pedindo mais. Vejo com horror o avesso da minha casa, cano e esgoto, uma tomografia vívida de entranhas que têm o seu quê de relíquia. O tempo que passou foi trazendo remendos que a tornam caricata. O que se encontra mais é surpresas, todas desagradáveis. O velho guarda os seus segredos até se lhes tocar com a mão: astúcias de canos que vão funcionando até neles se interferir, cacoetes das torneiras que vertem mas servem até se tentar desalojá-las. Aí, qual espinha cravada na garganta, mata quando enfim segue o seu caminho. Esventrada, a casa é grotesca, de uma realidade insuportável. É a ruína que nos calhou em sorte. Que é da nossa responsabilidade. Mostra-me outra dimensão da minha própria vida. Por trás do ladrilho e do soalho, é apenas tijolo como todos nós, argamassa e cimento lançados pela colher de trolha, que unifica e dissimula a frágil fundação. A verdade é que não é assim tão difícil reconstruir uma casa. Não é matemática avançada. O que está diante dos meus olhos, desaparecida a lambuzadela da aparência, é elementar. É manilha, é cano, e caixa. O resto, silicone.

Venho a estranhar a ausência do irmão mais novo, dizem-me que chega usualmente ao fim da tarde. A minha suspeita confirma-se: a ideia da empresa de renovação, nem deus nem donos, sou o meu próprio proprietário, foi adiada para momento mais propício. O rapaz do anel sobe um degrau na sua escala e ajeita esta obra maior. Mas o trabalho durante o dia, as oito horas a carregar tijolo para quintos andares sem elevador, mantém-se. Esmagada por tal feito, admirando o heroísmo da dupla iniciativa, torna-se claro o meu estatuto: eu sou aos fins-de-semana e outros crepúsculos.

Ao período de destruição segue-se, inexorável, a acalmia. Os operários parecem saciados e até um pouco sedados; foram duas semanas de martelada, os vizinhos têm a cabeça em água, a utensilagem chia de esforço, fumega, parte-se uma broca no cimento. Eles são Atlas, são Hefestos. São o espírito maçónico em acção. Seria desumano não o reconhecer, e chapelada, e fazer uma pausa. Os obreiros pedem um momento de reflexão e desaparecem um a um; os sete irmãos passam a seis, a cinco, a quatro e depois a nenhum, deixando o pai a tratar de miudezas e um pedreiro sénior que não é da família. Um jovem brasileiro baixinho, devoto de uma seita, ouve música pimba divina todo o dia no rádio de bolso; é o mesmo que eu apanho a usar o prumo na horizontal, construindo uma parede romba que terá de ser picada e novamente rebocada. Mas não deixo de admirar o seu *savoir faire*, arremessando cimento pelos ares, para cima, em saltinhos e sacões, por não ter altura de perna para chegar à futura sanca. Eu sei que há, para isso mesmo, o escadote. Mas teria sido preciso pensar nisso. Não minto se disser que a admiração pelo trolha já cheirava a ironia e a uma suspeita, insidiosa, de que haveria ali certa falta de mão. No dia seguinte o rapaz é despedido, mas ninguém consegue dissimular que a felicidade pela obra se perdeu e que estamos a viver um período perigoso. Espreita à esquina, mais uma vez, a decepção, substância de todo o empreendimento humano. Não a decepção que o abjecto princípio de realidade impõe, mas aquela, emotiva, da relação de confiança que se desvanece.

É esta uma etapa especulativa. Quase sebastianista. Não convém ter demasiada imaginação. Fica-se à espera de coisas que estavam bem programadas, e que se alteraram. Há uma reconfiguração da obra que não agrada a ninguém. Que é do Homem do Taco? Não estava na altura de entrar em cena? Não se lhe deu a deixa? Percebe-se que o personagem meteu outra obra no interim. É como se faltasse o actor ao abrir do pano. Eu quero saber quando virá, ao certo. Mais valia querer saber a que horas se dará o fim do mundo. Há um primeiro pequeno desentendimento com o responsável da obra que não aceita ser responsável pelos operários que ele mesmo contrata. É o momento em que a História se decide por uma ou outra narrativa. Quem manda na verdade? Se o Homem do Taco não aparece, de quem é a culpa? Minha, que contratei quem o contratou, ou de quem o contratou? Quem o contratou considera *a posteriori* que a culpa é de quem devia ter contratado, mas não contratou. Quem não contratou nem sabia que lhe cabia contratar, acha que naturalmente a culpa é de quem não apareceu, em primeiro lugar, depois, de quem contratou quem não apareceu e só em último caso, e residualmente, de quem contratou o contratador de quem não apareceu para cumprir o que estava contratado. Mas concedo que seja debatível. A questão (que, no momento, é questão magna e seis meses depois será questiúncula), abocanhando a harmonia pré-estabelecida, esfacela o celeste entendimento. Descreveria assim o movimento: é um jarro cheio de flores e a sua água. Alguém passa e lhe dá um encontrão. Cai? Não cai? Eu é que começo a perder a esperança de alguma vez conseguir voltar para casa.

Estou de pé a meio da sala. O cenário é desolador. Os armários descompostos, o ar condicionado posto fora, no jardim, os móveis arredados das paredes, entreolhando-se com espanto, como apanhados em flagrante a meio de uma viagem nocturna e sobrenatural – revelando uma nova podridão, as costas velhas e carcomidas, irreconhecíveis. Deus é capaz de ter sentido algum do mesmo desespero ao enfrentar o caos. Pode, primeiro, ter hesitado em levantar a mão. Mas depois, no fundo do universo, diante de tal desordem, suspeito tenha tido o mesmo impulso de emparelhar à pressa estrelas com estrelas, planetas com planetas e o resto empurrado para buracos negros. Falo de Deus porque o sentimento de impotência parece sempre religioso, a figura que se avoluma é Job, vítima da força maligna que sem razão contra ele se encarniça por prazer. Tenho saudades da velha casa cheia de quês&manhas. Sinto o que sente quem começou um processo irreversível, um parto, um divórcio, um mau prognóstico de saúde. Uma suspensão, um momento de silêncio, um olhar para cima, à espera da imaginação do acontecimento do futuro. O que foi entusiasmo pelo novo é agora uma reserva cheia de mau agoiro. Mas não há como voltar atrás.

A Ditadura do Proletariado

Entrou-se no túnel da História, destruiu-se o que havia, resta avançar. A todo o vapor foi sonho que deu, fruto da boa vontade, uma ou outra uva temporã.

O mês de Janeiro, na sua calorosa secura, progride lentamente. São dias de sol seguidos de dias de sol. À medida que se vai apoderando de mim o terror fino da impotência, tomo consciência por degraus de que não sei fazer nada, nem deitar abaixo uma parede, nem construir uma parede, nem mudar uma torneira, nem subir a porta, nem pôr rodapés. Estudei Latim e Grego, e tantas outras coisas. Instala-se uma revolta contra a minha educação: não sei reparar o computador, não sei montar o ar condicionado, não sei renovar a minha própria casa! Olha a grande humanista! A ditadura do proletariado fermenta na prisão da minha própria ignorância. Em tempos era comum ouvir-se: ou estudas ou vais trabalhar para as obras. Era coisa de desprezo, como a tropa. Será que eu precisava da qualificação de saber escrever um soneto competente, ou mesmo de saber o que vem a ser um soneto? Mas a História acaba sempre por desdizer a classe dominante. Entro em modo de *endurance*, como a casa. Passo os dias por lojas e armazéns à procura de bases e banheiras. Intriga-me a multiplicidade de coisas iguais. Sei por intuição que tudo o que fizer será discutido pelo futuro. Procuro lavatórios e lajedos. Pavimentos: pinho ou imitação? A coisa mesma ou um simulacro?

Daí para a frente reduz-se a obra a um duo: o pedreiro-mor que recebe os meus comentários progressivamente mais ansiosos com um sorriso meigo e ingénuo e o patriarca do clã, homem multifacetado de uma doçura e educação sem mácula. Intriga-me sobremaneira a bonomia destes operários que vão trabalhando à espera do Homem do Taco, cujo manda dizer a cada dia que não virá. Enquanto isso, o pedreiro avança para a casa de banho de cima e o outro senhor despeja os armários infinitos de minha casa com um espírito de superior ordenação, remetendo-os esventrados a casamatas pré--combinadas que se fecham para não deixarem entrar o pó. Vaidade das vaidades! Futilidade do projecto humano! Este pó branco, tão fino que não se vê, sente-se nos dedos, e em tudo, deposita-se nas estantes e entranha-se nos tecidos, imiscui-se pelas portas fechadas, passa através da matéria. Sinto-o no fígado. Meses depois ainda se encontra sedimento no rebordo da gaveta, no parapeito da janela. Onde havia casas de banho há agora montes de entulho que eu vou registando em fotografia: a minha ópera operária, que projectei como um tributo aos construtores, mostra essa mesma inquietação. Desliza do enlevo inicial em grandes planos revolucionários, o sorriso de desafio do pedreiro fumador, o olhar tímido e humilde do electricista, a expressão plácida do pai deles todos, para uma atenção que se desvia do construtor para a obra inacabada. Fotografo entulho, na luz da gambiarra, como quem colecciona provas para o tribunal da História. O caderno visual tematiza nestes capítulos a bazófia e insegurança de parte a parte; o empreiteiro entra em perda pelo atraso, desconfia que não lhe vou pagar um trabalho que não está acabado, eu desconfio que ele não consiga acabar a obra; tudo o que lhe peço para refazer lhe minora a margem de lucro e o sonho dele morreu comigo. O tempo vai passando, vou abreviando e desistindo de partes da obra, quero regressar a casa para avaliar os danos, arrumar, tocar a vida para a frente. Uma casa velha não tem emenda. Abre-se a porta da rua à renovação e acaba-se a reparar o tecto do sótão. Mesmo assim, são remendos. Há no entulho um pouco do *sic transit gloria mundi*, embora ele não seja tão digno e belo como a ruína. Na ruína temos a História depurada, o osso do que ficou erecto, testemunho, evocação e profecia; mas o entulho é lixo e deve desaparecer. O meu é que não desaparecia.

Um dia entro na sala e há um buraco no tecto. É grande, há-de ter um metro de diâmetro. Da abertura, jovial, o pedreiro afirma:

– Já se vê o Sol!

Cá em baixo, o pai sorri. O chão da casa de banho de cima cedeu ao vibrar do martelo pneumático. Os responsáveis desvalorizam a tragédia: é um incidente, é uma peripécia, coisa hilária para contar à lareira, em família. Pergunto se prevêem que a casa de banho possa um dia vir a ter chão. Mas eles entraram numa zona de facilidades e eu sinto relutância em segui-los. Não há problema nenhum, aquilo conserta-se com uma placa de madeira, depois reboco, gesso, enfim, eu bloqueio a informação, decidi que é inútil registá-la. Faço uma nota mental para nunca mais usar aquela casa de banho. Fecha-se a porta, põe-se um cartaz na porta. Não usar. Perigo de queda.

Depois de os operários abandonarem a obra, zangados eles comigo e eu com eles, por razões que agora esquecem e no momento foram essenciais, seguiram-se os estertores próprios das obras; aparecem novas equipas que desmerecem tudo o que foi feito, apontando críticas e lançando uma suspeita sobre a competência e a seriedade dos anteriores. Infelizmente, quanto mais suspeitas lançam sobre os outros, mais eu suspeito deles. Continuo a não duvidar da minha primeira impressão: aqueles homens, os heróis da minha ópera, não mentiram. Não quiseram deliberadamente enganar-me. Foram vítimas de uma História complexa que se faz em cima do joelho, na urgência do presente, da imponderabilidade do futuro. Velaram pelos seus interesses apenas quando os meus lhes pareceram ingovernáveis. Num momento de claro entendimento, o empreiteiro escrevera: «Não sabíamos nem podíamos prever que a sua casa está podre, minada de infiltrações e bolores, povoada de ratos e baratas, e que cada passo da obra seria uma goela aberta para outra obra.» Mesmo assim, mantivera-se firme na sua compaixão, determinado a não me abandonar. Até que a minha teimosia, e desconfiança em relação aos seus métodos, lhe fez ver a inutilidade de tal apego.

Há uma etapa de infeliz consolo. Outra em que me vejo compelida a desistir. Outra de feliz consolo. Logo a seguir, vou de férias para outro sítio. Conto os dias finais do exílio. Depois volto. Acho graciosas as portas sem fechaduras nem maçanetas. Aceito a ideia de não ter portas no armário. Até consigo perceber a importância estética de uma fissura que não chegou a ser reparada. Fica como alerta para outras núpcias. São pormenores. Gosto do *cachet* das coisas em que tudo é mais ou menos. Emendado, remendado. Vem a Primavera. A vida recomeça e as coisas da casa perdem evidência. A porta volta a ser porta, o espelho volta a ser espelho, nada se me opõe, nem me importuna. Lanço-me ao trabalho verdadeiro. Lembro essas candeias acesas na noite, as canções que me avisavam, passando por cima do presente, o mais ou menos do futuro, o possível, melhor, muito melhor do que o passado.

II
O BEM DE TODOS

Não foi uma nem duas, um belo dia reuniram-se todas à volta da mesa da cozinha, sentaram-na com festas na cara, um par de rodeios, e disseram-lhe à queima-roupa: olha, Bete, o teu marido tem outra. E ela estava tão longe que perguntou: outra quê? Estava longe e com razão, vivia num corrupio de reuniões de trabalhadores para turnos de matar, no esforço para salvar a fábrica. Da fábrica, ela não tinha senão o trabalho, as outras trabalhadoras e os homens da comissão de trabalhadores. E vinham os dos partidos, uns mais que outros, a querer ajudar, a dizer como é que se devia fazer. No princípio do mês decidiu-se pela semana dos quatro dias para que ninguém fosse despedido.

O marido tinha outra mulher e dois filhos, ali nas redondezas, numa aldeia. Ela ficou quieta enquanto as outras se serviam em silêncio do arroz-doce, e daí a pouco, como ela não chorasse nem deixasse de chorar, discutiram outra vez a fábrica a funcionar. Umas vozes calavam-se de apreensão, punham dificuldades que ficavam ali a atravancar, outras vozes erguiam-se de uma esperança contra tudo, havia uns queixumes a propósito da meia semana que não dava para nada, mas como não havia trabalho, tinha de ser miséria para todos. Os patrões nos últimos anos, desde as primeiras greves ainda antes da Revolução, tinham desviado prudentemente tudo o que se parecia com lucro para as contas próprias e feito dívidas aos bancos para modernizar os teares. Depois foram indo para o Brasil, deixaram a meio as instalações novas. Agora havia créditos, havia que pagá-los e a comissão de trabalhadores reivindicava a intervenção do Estado.

Quando as outras saíram, já noite alta, a Bete tapou o arroz-doce com o pano de linho e foi-se deitar. Dormiu de um sono, era sábado, só tinha turno às cinco da tarde, foi lavar a roupa e limpar a casa. A meio de esfregar o sobrado que já rescendia, deu-lhe a pontada nas costas e com ela voltou a notícia dada na noite anterior. Onde era que viviam? Na serra, escondidos num vale, uma mulher nova e dois filhos pequenos. E a rapariga quem era? Não lhe tinham dito. A Bete tem uma primeira curiosidade, como seriam os filhos? Num repente, com os joelhos vermelhos e as mãos a pingar, deita a capucha pelos ombros contra os frios de Maio, mete um pedaço de pão e queijo no bolso e sai. Que dia! Nevoeiro como um manto que cheira a musgo, as escarpas altas, o caminho escorregadio e ela com pressa, de cabeça em riste, a contar as horas que faltam para o turno. Só à vista da aldeia é que lhe veio a dúvida sobre como iria saber onde viviam. E ele havia porventura de lá estar também, que vergonha! Já o imaginava, de ceroulas, como andava sempre em casa para poupar as calças de serrobeco, olhos no chão, apanhado em falso, humilhado, mudo. O sino batia as dez, duas ou três velhas de negro cruzando-se no adro da igreja, a Bete à entrada da rua direita, ensopada de lama até às canelas, a consultar os seus recursos. As velhas pararam, atentas à novidade; percebendo no que se metera, Bete deu meia-volta e apressou-se a desaparecer. Mas no caminho sempre foi estudando pontos de mira, arribas e patamares entre penhascos, reentrâncias donde pudesse avistar as casas. Do que viu, Bete volta ciente da miséria em que eles vivem. Ali não é lugar onde se criem filhos. Pouco mais que pocilgas, as casas, de pedra fria, de chão de terra e palha, porta e janelo, escuras, insalubres, cheias de fumo. E logo ele, o primeiro a voltar da guerra e a querer construir a casa de raiz, uma janela em cada sala, uma cozinha com porta, um quarto para eles e um para os filhos! A casa ficou nos sonhos, tiveram sorte quando casaram em alugar um quartito na vila ao pé da fábrica. A Bete foi ganhando o suficiente para a renda, depois morreu alguém e ela conseguiu uma casa da fábrica, como nova, com janelas. O Idílio, vindo Maio, levava os rebanhos de quatro ou cinco donos para cima e passava lá o Verão. Bete tinha a casa e tinha o trabalho. Nos tempos vagos fazia cortinas. Ele foi ficando cada vez mais metido consigo. Quisera tanto os filhos, mas não o ouvia queixar-se de os não ter.

Agora vem a casa uma vez por outra. Ela sabe quando os pastores regressam e tem sempre um mimo à espera. Abraçam-se de saudades. Ele começa por dizer que não trouxe nada, aflito, e ela consola-o com uma festa no braço, senta-se diante dele, cotovelo sobre a mesa, mão a segurar o queixo, e enquanto ele come, a Bete vai-lhe perguntando da vida, curiosa, pormenores. Ele não se furta nunca a contá-los, apenas omite aquilo da mulher e das crianças. Trabalha de jornaleiro nas courelas deste e daquele do outro lado da serra, ou leva a pastar o gado dos que não podem fazê-lo, e na Primavera leva os rebanhos para cima. Tem sempre azares, ou é um borreguinho comido pelos lobos, ou um lince que leva a cabra, ou o cabrito devorado pela própria mãe zelosa, prejuízos de outrem que lhe tiram a ele o sono. Ou é um tamanco caído à água rápida de um riacho, que torna o outro desemparelhado e vão. Traz recenseadas todas as misérias da serra, notícias de gente que ela não conhecia, mas nem por isso lhe era indiferente. As velhas que caíam e partiam ossos, os velhos que ficavam cegos, meninos estropiados por dá cá aquela palha ou que nasciam mirrados da falta de tudo. Bete não o acha feliz, apesar dos filhos. Está mais tisnado, muito magro, com pregas dos lados da boca. Mas ela ainda o vê como rapaz, antes de ir apanhar o navio, a rir para ela. Agora não lhe conta mentiras, tudo o que lhe diz é são e de confiança, e o que não quer contar, não conta, é isto que a Bete pensa. É da vida dele, da responsabilidade dele. Dessa parte ela não sabe e não pode saber. Às vezes gostava de lhe dizer que tinha ido à aldeia, e também, com cuidado, para ele não se envergonhar, que se afligia com a sorte das crianças.

Não houve trabalho nas folgas, nem meio salário, nem reivindicações, nem intervenção do Estado que pudessem salvar a fábrica. Nem comissão de trabalhadores, nem comissão administrativa. Acabaram por fechar, com um mês de salário e um mês de indemnização, e foram pelos caminhos a chorar para casa, cada uma por si. A Bete tinha posto algum de lado e resolveu ajudar as que nada tinham. Fora ela, há anos, a conseguir uma casa da fábrica, com um quarto de dormir e uma sala com cozinha. Aí comiam todas juntas, dividiam o que havia. Muitas falavam em emigrar para Lisboa, mas os relatos da falta de trabalho faziam-nas deitar olhares entendidos umas às outras: acabava-se na vida, era o que se dizia. Já nem se podia servir nas casas, os burgueses tinham medo de ter criadas que lhas ocupassem, tinha de ser tudo à sorrelfa, fingirem-se de amigos. Tudo isso parecia um conto de fadas. Já nos viram sentadas à mesa do patrão? E porque não, disse a Bete? Que é que ele é mais do que nós? A Bete tinha um feitio assim, que via tudo sempre a encaminhar-se no bom sentido, se não era de uma maneira, havia de ser de outra, gostava de as ver juntas, a puxar para o mesmo lado, para o bem de todos. E aquilo ia passar, uma fábrica tão boa, com instalações e teares novos de último grito, não ia ficar fechada para sempre. Ou o patrão voltava, ou alguém comprava, ou o Estado se metia, não se ia deixar as máquinas enferrujar. Ela gostava de ser a última a falar, as outras já sabiam que não se acabava nada sem a Bete rematar os seus remates, como as costureiras quando fazem as bainhas e pregam os fechos e os botões. Isto agora é aguentar, que passa. Unidade. As outras estranhavam aquela garridice numa mulher cujo marido a tinha deixado e tinha até outra família nas barbas do povo, e uma perguntou-lhe se ela não se ralava, que a não via chorar, se não gostava dele. A Bete disse que a vida dele é da conta dele e cada um sabe de si, não é o que se jura diante do padre na Igreja? Não, disse a outra, não é nada disso que se jura diante do padre, ou estás louca? A Bete não recuava: eu não gosto nem deixo de gostar, mas não vou fazê-lo passar um vexame diante de todos, ele sabe que não pode ter duas mulheres ao mesmo tempo, ou não sabe? Mas olhem lá o que tem sido a vida do Idílio. Só desastres, uns atrás dos outros, desgraças. Foi a tropa, foi a guerra, depois ficou sem dormir, apanhado de todo, veio para aí que parecia um desenterrado, depois foi a mãe que lhe morreu, foi pagar a dívida do doutor e do funeral, e agora trabalha para este e para aquele, perdido na serra, como pastor, a dormir ao relento, sem nunca saber donde virá o pão. No que escandalizou as outras, que deram uns risinhos, e desprezaram o que ela dizia por humorístico. Entretanto, o patrão voltou do Brasil e pouco depois recomeçou o trabalho, acabou o interregno revolucionário, tudo voltou ao normal, o patrão fez o possível por não alardear excessos, aprendeu a esconder os carros na garagem e a ter com ele sempre um ou dois homens armados para o caso de os trabalhadores quererem reacender a chama da igualdade. Despediu da fábrica um par de arruaceiros, para fazer deles exemplos da linha a não seguir, a Bete nem nunca esteve na lista negra, todos sabiam que era uma boa alma e que faria sempre o melhor para o bem de todos. Retomou o seu posto como se nada fosse e aceitou uma redução do salário. Era isso ou nada, não havia muito que pensar.

    Da última vez que veio a casa, no princípio da Primavera, o Idílio disse-lhe que tinha trabalho meses na serra. Ia para cima e por lá ficava. A Bete deu-lhe um resto de batatas e toucinho, mas quando ele ia a sair lembrou-se das crianças e despejou no saco quase tudo o que ali tinha. O Idílio olhou-a com surpresa, que é isto? O que te deu? Nada, se não queres, não levas. Mas ele arrebanhou tudo, olhou-a ainda desconfiado, depois deu-lhe um beijo, Deus te pague. E foi, curvado ao peso do saco.

A Bete aproveitou a ausência dele para se chegar à família. Na primeira folga comprou dois brinquedos de feira, um pião e uma boneca de trapo: para ela os filhos haviam de ser um menino e uma menina, um casalinho, como sempre quisera. O rapaz para se espalhar no mundo e voltar um dia, a rapariga para tomar conta deles quando fossem velhos. Ou fazer o que ela quisesse, se fosse bom para ela, as coisas tinham mudado. Pôs-se a caminho ainda de noite, como uma contrabandista, de lanterna em punho, havia duas horas bem medidas para lá e outras duas para cá. Chegou à aldeia, despontava um sol gelado que se recortava fosco no nevoeiro, o menino fazia o seu chichi em arco à esquerda e à direita, contra o vento, com guinchinhos de gozo ao contacto da urina quente nas pernas. A mãe veio buscá-lo com uma palmada no rabo. Ralhava em surdina, que estivesse quieto enquanto ela tratava da irmã. Mas ele correu de novo para fora e só parou diante da Bete, que lhe sorria do alto. Estendeu-lhe o pião, ele tirou-o sôfrego, mirou-o de todas as partes. A mãe apareceu à porta e chamou-o. Ficou a considerar a Bete, vestida à maneira da cidade, que a considerava a ela. Vossemecê que quer? E ela, que não gostava de mentiras, disse quem era. Mas o que queria, ainda não sabia. Disse: venho cá conhecer os filhos do meu marido e a você, a mulher nova. E que nos quer?, disse a rapariga, aterrada. Vai chamar a Guarda? O miúdo pegara-lhe na mão e queria atraí-la para dentro de casa, como algum bicho encontrado no mato. Bete deixou-se conduzir, encontrou na cama uma menina suja com os olhos a chispar de febre e virou-se logo: O que é que a menina tem? É ruim de criar, disse a mãe, estava a ver que não passava desta noite. Bete não achou grande sentimento naquela voz. Era como dizer outra coisa. E o Idílio? Ele já sabe? Ela encolheu os ombros, o Idílio ia quando ia, vinha quando vinha. Bete olhou à volta a casa negra de fuligem, as duas cebolas da réstia, o saco de serapilheira vazio e decidiu levar a família do Idílio para casa. Começou um dos seus discursos, quanto mais ela falava mais a rapariga espavoria e torcia as mãos e lançava os olhos à imagem de uma Nossa Senhora chamuscada pela lamparina agora seca, como se estivesse a viver um pesadelo matinal. Mas quando a Bete disse que levava a menina ao médico, que ela precisava de cuidados, encheu-se de coragem e com gestos sacudidos pôs a Bete na rua e fechou a porta com a tranca. Agarrou nos filhos, um em cada peito, e sentou-se na cama com o coração a bater muito depressa. Vai chamar a Guarda, estou perdida, o que será dos meus filhos, disse. Ouviu finalmente os passos de Bete a afastarem-se, o miúdo debateu-se, soltou-se, correu para a porta e apanhou outra palmada. A mãe exigiu silêncio, pegou-lhe por uma orelha e sentou-o de força no banquinho. Nem um pio, ai de ti.

A Bete não se deixou desencorajar. Achara tão engraçadas as crianças! A menina bem tratadinha havia de ser mimosa, com os caracóis ruços e as faces rosadas, e o rapaz era o cabo dos trabalhos, mas curioso, vivo, e tinha bom fundo. Ela precisava era de uma casa maior, que desse para todos, na extrema da vila, isolada, para não dar azo a conversas. A madrinha Eugénia teria o quê, sessenta e muitos? E aspirando a uma parte da casa enorme e da quinta que não via há anos, Bete nessa mesma tarde bateu ao portão, ouviu o molosso a ladrar rouco, e cala-te! disse uma voz do primeiro andar. O que é? Sou eu, madrinha Eugénia, a Bete. Quem? Sou a Bete, madrinha Eugénia, uma oitava acima. Estava surda. Há quanto tempo, filha! Sobe, que eu já não desço. E o cão também já não se levantava, seguiu Bete com os olhos enquanto ela atravessava o pátio depois de ter lutado para abrir o portão descaído. Passou a porta da rua entreaberta e subiu a escada. Estava tudo como se lembrava de quando era pequena e vinha ver a mãe ao trabalho e a madrinha que lhe ensinava os abertos e fechados. Lembra-se dela como uma santa de roca, dentro de uma colcha de croché em linha branca que lhe descia em catadupas das mãos, se derramava sobre os joelhos, pelas pernas, até aos pés e se espalhava na sala, por cima da carpete de lã. Enquanto subia a escada escura e apertada, quase esperou ver aparecer a mão da mãe a travá-la, se ela, miudinha, se atrevia a tocar no corrimão encerado ou a pegar em qualquer coisa que brilhasse. Era essa a mão que limpava aquela casa e cozinhava desde miúda. Tinha brio no trabalho. Um gato de loiça era para estar onde ela o pusesse. Tinha engulhos se alguém fosse mexer e correr o risco de tirar a casa dos seus eixos.

Eugénia, por seu lado, teve desde criança serenidade. Para além da alternância dos abertos e dos fechados, não tinha flutuação de humores. Se lhe vinham dizer que houvera uma Revolução em Lisboa, que o Governo caíra, que agora reinava a Liberdade, não se alterava. Havia a sala de estar em que passara toda a sua vida e o mundo onde acontecia o disperso de coisas que não lhe diziam respeito. Tinha o dom de tornar o presente imediatamente parte do passado e perdido nele. Isto tirava-lhe a capacidade para se admirar. Se lhe dissessem que tinha havido uma Revolução e que o Governo caíra, ela dizia, sem levantar os olhos do trabalho: mas quando é que isso foi? Não houve já uma revolução? Parece-me ter ouvido falar disso. Estava convencida de que o Governo tinha caído há muito! E tinha, nos anos vinte, em que não havia Governo que se aguentasse de pé. E nos trinta. Mas este só tinha caído agora para a guerra poder acabar. E a tua mãe?, perguntou. Morreu, disse Bete, e a história da zanga das duas apareceu-lhe de novo, fresca, como se tivesse acabado de acontecer. Fora tudo um equívoco sem importância nenhuma: a mãe, Zélia, trouxe a roupa da madrinha para lavar no tanque, depois reconsiderou e foi ao ribeiro, onde a água corrente lavava melhor os lençóis; lavou tudo impecavelmente como era hábito do seu rigor, pôs a roupa a corar em cima dum teixo, veio um milhafre e levou-lhe uma fronha. A Zélia ficou tão esparvoada que se pôs a correr pela margem do ribeiro atrás do milhafre, aos gritos de *ladrão, ladrão!,* até tropeçar numa pedra solta, cair e esfolar um joelho. Havia de dizer à patroa isto do milhafre? Este roubo inesperado e injusto? Não seria o mesmo que admitir um destino caricato, uma perseguição ridícula que lhe apoucava o serviço? Bete apanhou-a, à vinda da escola, a resmungar contra a madrinha, para quem se matava a trabalhar naquele casarão em que a lide não tinha nunca fim, nem perfeição. Os dedos até ao osso, era a expressão de que Bete se lembrava. A esfregar a escada, as mãos em chaga, derreada de todo. O embrião de revolta que viu na mãe deu a Bete terrores nocturnos. Depois do desabafo, e como a patroa nunca ligasse nenhuma ao rol, nem nunca se tivesse lembrado de se ir pôr a contar os itens dentro das gavetas, Zélia decidiu não dizer nada. Contra todas as expectativas, num assomo de curiosidade, a madrinha Eugénia decidiu inspeccionar e teimar que faltava uma fronha, e de muita estimação, bordada pela mãe para o enxoval, e qual enxoval?, estive para me casar e depois não me casei, e o que é que aconteceu e ai isso não te vou contar, e Eugénia tivera um gesto de impaciência que sobressaltou Zélia; defendeu-se com uma negação mais violenta, uma pergunta terrível, a patroa está a chamar-me ladra, é isso?, Eugénia quis recuar, mas o mal estava feito. O certo, disse ela para terminar, é que a fronha não está, está sim senhor, está desemparelhada, Zélia!, conta-me, tu conta-me que eu não me zango contigo, não há nada para contar, deve estar aí caída em qualquer lado, eu vou procurar, não há nada caído, tu tens sempre tudo arrumadíssimo, há lá agora coisas caídas! E a madrinha quis pôr água na fervura assim que percebeu (não era muito rápida) a humilhação da Zélia, a sua mentira e a impossibilidade de reverterem à confiança anterior. E disse, calma, deixa estar, pode ser que apareça, raça da fronha, que importância é que isso tem? Mas foi Zélia que deixou de aparecer e nunca mais a Bete pôde falar à Madrinha Eugénia. A mãe arranjou a trabalhar para uns que tinham voltado de Espanha e precisavam de quem tomasse conta da casa.

A Bete ia tão entretida nas suas memórias que só quando se debruçou para Eugénia, para ser abraçada com uma força inesperada em alguém que raramente a exercia, percebeu a estranheza da história da mulher e dos filhos do marido. Mas a placidez da madrinha contaminou-a e ela pôs-se a observar a sala, o mesmo candeeiro de pingentes, o mesmo cadeirão de orelhas, os mesmos naperons sobre o mesmo sofá intocado, lá fora o imenso castanheiro a bater na vidraça da porta veneziana, o silêncio igual, o cheiro igual, a luz, na mesma, ela sentiu-se outra vez criança, teve vontade de pegar numa agulha e começar uma colcha que durasse o resto da vida. Eugénia tinha o poder de lhe inspirar o sentimento da duração que a fábrica lhe tirava. Aquilo com as máquinas começava de fresco todos os dias, o dia acabava e era o fim do dia e de manhã começava de novo tudo do princípio. Mas ela nunca tinha aprendido a começar, Eugénia fazia-lhe os inícios e dava-lhe o trabalho com a primeira carreira já feita. Quase sem dar por isso, começou a recontar décadas, que Eugénia ouvia em silêncio, abanando a cabeça quando era mesmo necessário. A contar, Bete percebeu que estava magoada, não com o Idílio, nem com a rapariga, que nem era mais bonita do que ela, pelo contrário, era magra e enfezadinha, parecia um rato apanhado no lixo; nem ressentida com um destino que dera filhos a quem aparentemente não os queria; mas ofendida consigo mesma por ter deixado perder-se qualquer coisa que nem sabia o que era. Eugénia não pediu nem ofereceu explicações, viu renovar-se a sua vida, e como não pensava mais que dois ou três minutos para a frente, ofereceu trabalho e pensão. Ela e a Bete, disse, e sabia isto desde sempre, desde que a tua mãe te trouxe, catraiazinha, e te sentou aí onde estás, soube logo, somos farinha do mesmo saco.

Combinaram o seguinte: haviam de trazer a rapariga e as crianças, ficavam a viver no térreo da casa, onde havia espaço à farta, forno de lenha, camas, lareiras. Fizeram contas ao que restava dos bens da terra, dividido dava para todos. Agora, era convencê-la. Contratava-se para amanhar a terra? Sei lá, disse a Bete, é o que ela quiser, cá a mim parece-me um bicho do mato. Da vez seguinte, às claras, Bete chegou à aldeia a meio de uma tarde de domingo, determinada a não aceitar rejeição. Dois ou três homens sentados às soleiras parolavam ao sol. Havia um de pé, arrimado à enxada, regressado dos campos, ouvindo, a olhar para longe. O que Bete viu no casebre acabou de lhe provar a necessidade da mudança. A pequenina nem se mexia, mortiça. A mulher não se levantou, nem o rapaz teve acção. Bete não esteve para conversas. Pegou na criança doente, embrulhou-a na manta, pediu ao rapaz que lhe desse a mão e saiu. A mulher pôs o xaile e seguiu-a, calada, a passo de caracol.

Com o tempo, as crianças engordaram, revigoraram, já corriam pela casa, e Bete, em cima, com Eugénia, bebendo o seu café, ouvindo os pezinhos descalços a correr no sobrado, e trocando sorrisos. O rapaz saía de madrugada a escoucear pelos campos, apanhava cobras pequenas, acabadas de nascer, metia-as num alguidar e trazia-as excitado para o colo de Eugénia. Ela dizia que eram enguias, que se faria bom ensopado, a brincar com ele. E ele fugia com o alguidar, ia deitar as cobras nas couves, para as salvar.

Também apanhava ratos, lesmas, lagartos, baratas, centopeias, passarinhos, e fez grande amizade com o cão. Chegou a ter dezassete gatos esfaimados no quintal. A mãe enxotava-os e eles fugiam, mas voltavam logo. Dois ou três, apresentados na sala, acabaram nas almofadas do sofá de Eugénia e pelos colos da casa, que nunca tinham servido para grande coisa. A mãe, vendo-o sair armado da fisga no encalce de uma família de javalis, disse que ele seria um grande caçador. Havia de as guardar da fome. Bete, ouvindo-a de passagem, contradisse: Marcelo ia ser veterinário. Aurora olhou-a com rancor, para veterinário teria de ir estudar para Coimbra, doutores havia de sobra. Eugénia, por sua vez, sem dizer nada, sente que ele tem espírito de santo, como Francisco de Assis, e põe auréolas em tudo o que ele faz.

Aurora, Bete vai descobrindo com o tempo, é um pouco lontra. O seu prazer é deixar-se estar parada, às vezes de pé, a olhar para ontem, rolando uma uva esquecida entre os dedos. As suas limpezas e o seu cuidar são desleixados. Bete observa-a com irritação. Não consegue compreender a falta de brio e a preguiça. A menina já desistiu de pedir assistência à mãe e trepa pela colcha de Eugénia, que lhe estende os braços e por ela se levanta, se aflige se a ouve chorar no berço desatendida, por ela desce escadas, perdendo sonos. Foi ficando branquinha e graciosa, e quando anda nos seus primeiros sapatos que Bete lhe comprou – sapatos da sapataria! – tem um passo ingénuo que apetece beijar. Chega o Verão, o Idílio desce para a tosquia, a Bete leva Aurora e as crianças de volta à Detestada. Trabalha na fábrica as horas todas, e as mais que haja, extraordinárias. Sente a falta das crianças e com Eugénia não têm outro assunto. O que poderão fazer por elas, e para ajudar a coitada da Aurora, tão abécula e desprimorosa.

Aurora volta grávida da tosquia. Tira-se pelo sentido que Idílio não demandou e ela não deu explicações sobre o improvável brilho do bom tratamento dos meninos. Só lhes conta que ele ficou contente com as crianças e elas com ele, esquelético, cansado e porco como um selvagem. Passaram uns belos dias no casebre da aldeia e os serões eram calmos e felizes. Bete desejou outra menina, Eugénia torceu por um rapaz. Marcelo era o seu mais que tudo, e entre eles, ela na sua placidez, ele ávido e inquieto, tudo era possível. Dizia, apertando-o ao peito, somos farinha do mesmo saco. E ele adormecia como não adormecia nos braços de ninguém. Quando constou na aldeia que Idílio tinha uma terceira família, uma família de Inverno, do outro lado da serra, já ninguém quis saber. Não houve sentares de amigas, nem arroz-doce. Foi até motivo de chacota, um homem tão pobre com tantas famílias. Alma de marinheiro, disse uma. Está mal cá na serra, que o povo sabe de tudo. Deixa saber, disse Bete. Vê lá se vais por eles também, disse a primeira. E se for?, perguntou a Bete. Já tinha pensado em ir por eles, em indagar quem seriam estes novos filhos e como poderia ajudar, mas havia sempre mais que fazer e a terceira família do Idílio passava e depois esquecia-se de lhe passar pela cabeça. Sempre arranjou maneira de se meter na camioneta, era Verão, e de ir na demanda das crianças. Levava brinquedos, um de menina, um de menino, mas não ficou decepcionada por serem dois varões. Estes eram gordos e risonhos e rebolavam na erva engalfinhados enquanto a mãe os vigiava da janela da cozinha. Bete ouvia-a ameaçá-los com algum castigo, improvável, incredível. Era Deus que lhes tirava uma orelha, ou enviava uma praga de piolhos, era a Virgem que os torturava com uma camada de sarna, e muita comichão. Só naquele pouco tempo em que, sentada num muro, Bete ouvia o rebuliço, haviam de se abater sobre os rapazes todas as maldições do céu. Ela regressou tranquila na carreira da tarde, soube que estavam bem entregues. Também sentiu uma felicidade de abastança, uma acalmia de quem fecha o portão para se recolher com os seus debaixo do mesmo tecto. Sim, tinha farinha que lhe bastasse. Quando veio a menina, Dulce, saudável e bruta, com um pulmão aparentado à sereia da fábrica, houve o júbilo conjunto de um nascimento e de um despedimento. Não se havia de voltar à Detestada, nem fingir mais, nem esperar nada que não se quisesse esperar. E não havia como viver na verdade, para o bem de todos.

III
CATILINÁRIA

Não encontro dono de gato que o seja sem relutância. É comum julgar-se vítima de um acaso que lhe trouxe à porta, miando pela vida, uma exigência a que ele, por fraqueza, não resiste. Diz com ironia que é mais o gato que o tem a ele do que ele ao gato. Não convém argumentar. Se lhe aponto a domesticidade sorna do bicho alega que é selvagem, se noto a renitência no trato contrapõe que é dado aos mimos e manso como um borrego. O dono de gatos é o rei da adversativa.

Paulo Camelo de Melo, o matemático mediático, perito em estatísticas que dão escala e macro sentido às experiências comuns, acolheu um dia a gata que se nos embaraça nas pernas a todo o momento, e olha-a, perplexo, sem conseguir explicá-la. «Não sei porque continuo com este emplastro em casa!» «De facto», disse eu, «não é um bicho bonito.» Não enchia o olho o pêlo baço, sem cor definida; o porte esquivo e a calhandrice da mirada faziam desviar a atenção para o que nela havia de assimétrico, conducente a um andar esquinado. Gata de rua como qualquer outra, com cicatrizes de combates por becos e vielas, faltavam à Bela a alegada elegância, a dilecta distinção. «Mas não posso abandoná-la!», concluiu o matemático. Camelo de Melo, explicando sem tentar, acabou dizendo que tivera pena dela.

Eram onze horas da noite, Bela gemia e miava em crescendo, num tom que ia directo aos meus centros mais nervosos. «O que é que ela tem?», perguntei, olhando o prato cheio e a água na tigela. «Só tem ração», explicou. Tinha apenas a ração de carneiro e estava a apetecer-lhe, na interpretação do dono, a *mousse* de salmão do Pacífico que se vendia algures do outro lado da cidade. O pobre ainda procurou convencer a gata de que nunca chegaria a horas à loja. Era o mesmo que tentar persuadir o tronco de um carvalho. Ai esta menina, disse Camelo de Melo, é muito mimada. E metemo-nos no carro. Chovia e choveu o caminho todo para lá, conseguiu-se o pacote de latas *gourmet* a um preço escandaloso apenas porque a menina da caixa, que já estava de saída, também tinha gatos e experiência do drama. No carro, esse homem que na vida de todos os dias era uma autoridade em muitas matérias, opinador convidado e ouvido por fóruns e colóquios, transmitia apenas a imagem do amante infeliz. Pingando, fungando, ela, dizia, e *ela* era a gata. Enfeitiçado, não conseguia deixar de admirar nela o sofrimento que lhe causava. Era uma Vénus das Peles, dominadora. «Porque será que eu aturo isto?», e a guinada furiosa do volante apenas queria dizer pressa em chegar a casa e satisfazê-la. Bela, nada e criada nas traseiras de prédios médios, não podia agora esperar Camelo sem decepção. Horrorizava-o desiludi-la, elevada aos píncaros; a sua humanidade, martirizada por tanto capricho, dizia-lhe pé na tábua, que a gata já mia. Fascinava-o a sua independência de espírito, de quem não tem sentimentos moles por outrem, nem respeito, nem consideração, nenhum dos valores da revolução francesa. Admirava em Bela o maléfico bebé eterno, regido pelo egoísmo dos impulsos primários. Revia--se com inveja, julgo eu, e especulo, nesse capricho a que ele Camelo não tinha direito, mas via-se belo nela Bela, como num espelho que para ser espelho tem de ser deformante. O cientista depois havia de ajeitar a erótica ao evolucionismo, debitando, mas distraidamente, os saltos adaptativos que o *felis catus* tivera de fazer para reinar por milhões sobre os humanos. «Os gatos são eminentemente adaptativos», disse à chegada, aliviado, «foram eles que se domesticaram a si próprios, foram entrando nas casas, fizeram constar que eram bons a caçar ratos. Ainda hoje vivem da fama, quando afinal rivalizam a consumir com os ratos, nas cidades, o mesmo tipo de lixo. Comem tudo e de tudo. Na Austrália foram declarados a maior ameaça ecológica, muito à frente das vacas e das alterações climáticas.»

Deitando amorosamente a *mousse* de salmão na tigela, apanhando-se a derrapar para uma consciência que não lhe convinha, atalhou: «Comem de tudo, não dão chatice nenhuma. Não tens de passear um gato, ele entra e sai quando quer.» Aceitava ser súbdito com ambivalência. Gostava e não gostava de ser um pau mandado. Mas, na verdade, como ser moral e inteligente, não reconhecia senão as obrigações impostas pelo destino. Eu ainda ouvia nele o *sotto voce* do masoquista feliz, ela foge, ela volta, ela não me liga, às vezes levanta-se e sai a meio de uma conversa. Ela só faz o que quer. O dono relutante encontrava em Bela a propriedade renitente. Era qualquer coisa a meio caminho entre uma almofada e uma coroa de espinhos. «E tu? Não tens querer?», perguntei. Ele calou-se, numa censura. Não avancei. Assim que a viu satisfeita e a dormir esparramada no sofá, pôs-se a fazer-lhe festas longas com muito carinho. «Desde que a Sandra se foi embora que ela me faz muita companhia.» «A Sandra foi? Para onde?» «Arranjaram-lhe um sítio para onde ir e ela foi.» E com ela: «Eu tenho lá agora paciência para aturar a Sandra!»

Em casa, de pijama e pantufas, abro o diário e deito-lhe umas memórias surgidas desse lastimoso serão. «Lembro o Faruk, um gato torpe, que eu punha sobre o colo e afagava ao correr do pêlo. Ele semicerrava os olhos e sorria. A minha mão rechonchuda sentia o ronronar e um impulso para domesticar o que em mim se revoltava contra tal proximidade. A mão ia contra o instinto. Não era aquilo um leão, um tigre, um lince? A criança via, como vê quem ainda não aprendeu a ver, o primitivo grande gato selvagem que se alimentava sobretudo de hominídeos. A boca do Faruk causava-me terror. Ia com o dedo cauteloso para lhe afastar as mandíbulas, ver o que tinha dentro. Os dentes eram punhais, as garras eram agulhas. Filomena Amélia alertou-me para o facto. Não convinha irritar o Faruk. Lembrava essas amorosas pessoas, pachorrentas e meigas, desde que não contrariadas. Tudo nele era aguçado e ofensivo, dissimulado no envelope de pêlo cinzento. Sempre que eu entrava na saleta, estava o Faruk no sofá a dormitar. Eu não podia compreender um bicho na sala. As galinhas no galinheiro, os passarinhos na enorme gaiola construída para eles, pombos no pombal, o cão acorrentado, gatos pelos telhados, ratos e cobras a correr livremente pelo sótão e o Faruk, na sala. Que função cumpriria esse imbecil? Que emoção consoladora evocava nos seus donos? Que ilusões alimentava neles? À vista desarmada, o Faruk era um bibelô, como essas figuras de loiça, pastoras do século XVIII. Não caçava, engordava dos restos do peixe frito e da açorda. Não parecia reconhecer os donos como donos da casa em que vivia. Incluía Filomena Amélia e o senhor Coronel na sua paisagem como outros dois móveis da saleta. Não acorria se o chamavam. Não se reconhecia no nome. Não conseguia aprender coisa nenhuma. Não aceitava jogar se o desafiavam. Se lhe atiravam um novelo, abria um olho impávido e assim ficava. Não se desviava um milímetro da sua rotina de sestas e refeições. Não entrava em comunicação. Não entrava em relação. Era menos que tartaruga de aquário. Vivia em si e para si. Isto que entre humanos é projecto existencial sempre adiado e corrompido, e causa do vilipêndio moral *d'autrui*, no gato é visto como um sinal de altivez, até de autonomia, embora todas as suas refeições venham do mesmo provedor. É um parasita com o prestígio simbólico de um rei. *O predador subsidiado*, como lhe chamam os ecologistas verdadeiros. Mas há ainda células das nossas que sentem o instinto de escapar, e outras células que as acalmam, na ilusão de que o gato agora desconstruído seja inofensivo. As garras, no entanto, estão onde sempre estiveram, os dentes afeitos a rasgar a carne não caíram, nem perderam pertinência. Quanta da submissão do dono é consciência submersa do perigo? A verdade é uma. Se eles levantam a voz, são imediatamente vistos como os selvagens que nunca deixaram de ser, e atendidos. Mais depressa do que a criança que chora. Mais depressa do que o doente que geme. Primeiro e antes de todos. O dono resmunga, mas não adia. Há nele a parte que sabe que em tempos idos foi e pode vir a ser o próximo almoço do bichano.»

Se fosse melhor escritora, conseguiria pôr em palavras todo o nojo que por eles sinto. Assim, vai a história feita com exemplos de humanidade, a começar pelo Camelo de Melo, continuada nos Carneiros da Mota. Esse casal de médicos não tem um gato, tem dois. São pessoas que trazem os gatos da rua, para quê, não sei. Há obviamente uma intenção salvífica, de os acolher, de lhes dar um lar, mas mantendo-os ao mesmo tempo livres e selvagens. Ninguém quer um gato doméstico que seja doméstico. Isso seria como fazer um cruzeiro, ir onde vão os turistas. O gato que se preza mantém activa a fantasia do dono. O seu gato é singular, vive em casa mas tem uma existência secreta, excitante, sexualmente promíscua, de gato de telhado. Na lua-de-mel, o Carneiro da Mota abundava de insinuação erótica à Carneiro da Mota com os gatos redimidos da rua. Mas a sua essência dupla, como a de Cristo, homem e deus, cedo havia de se despenhar no caos. E em dois tempos os gatos se desduplicaram, e reverteram à verdadeira natureza. Estes dois gatos, o Franco e a Manca, cada um mais arrepanhado e sarnento do que o outro, vivem em permanente conflito. Se um aborda a tigela da ração, o outro ataca-o à dentada e, de garras directas aos olhos, teima em cegar o companheiro. Os Carneiros da Mota já tentaram tudo o que era gratuito, pesquisaram etiqueta disciplinária pela internet, perguntam, ouvem longos tutoriais brasileiros, consultam até psicólogos de bichos especializados em trauma, que invariavelmente aconselham paciência e cuidados redobrados. O amor tudo cura, etc. Ninguém lhes deu o sensato conselho de que se desfizessem dos gatos, porque isso não é humano nem coisa que se diga, há em cada dono de gato um Epicteto oculto, *sofre e abstém-te* diz a cartilha do dono do gato, pôr o gato na rua a fazer companhia aos milhões de gatos de telhado não seria possível, não seria humano. Afogá-lo não seria humano. Abandoná-lo não seria humano. A sua é uma moralidade superior, que o faz viver num ambiente fétido e trazer a roupa crivada de pêlos e ele próprio, semidivino, rescendendo a chichi de gato. Humano não é julgar-se superior na cadeia dos seres, humano é submeter-se. É amar sem esperança. É cuidar sem ser cuidado. É levar patadas e unhadas a cada tentativa de afago. É arriscar a alergia e a infecção, isso, sim, é que é humano. E tudo isto, no caso dos Carneiros da Mota, por uma ideia de salvação ecuménica, um consolo do coração amante que poupou, olímpico, uma vida, mas não qualquer vida, aquela vida, a vida do gatinho que fica na salinha à nossa espera. Fomos nós que o salvámos, sem receber nada em troca. Isso é generoso, desinteressado, belo. Não é um cão que salta e abana a cauda e é leal, isso é repugnante, é submisso, mas um gato que vai e vem, soberbo. As crises têm tendência a agudizar-se, como aconteceu neste caso dos dois gatos ferais dos Carneiros da Mota. Passaram a virar-se aos donos se eles intervinham nas bulhas, e em certa altura da sua felinofilia era comum ver Maria das Dores com um braço ao peito e uma infecção bacteriana e o Adelino arranhado na cara e no peito e um olho tapado. Isto não é nada, diziam, por vergonha. Era assim a vida deles quando os conheci: cheia de gritos de susto, arranhões e infecções, e medo arrependido pela sua integridade. Mas a sua humanidade, mesmo assim, não os abandonava, e não os deixava ver a direito. Quanto mais arranhados e feridos com dentes e garras, mais se elevavam angélicos na atmosfera do ideal humano. Eu chamei-lhe, na presença deles, o martírio de Maria das Dores e Adelino, não acharam uma graça excessiva, eram de esquerda, militantes laicos e não tinham qualquer complacência para com as superstições. Eu só entrava em casa deles com os agressores fechados na varanda, depois de uma luta sem quartel. Ouvia da porta os gritos de Dores, que aparecia depois com as pernas em chaga, mas só comecei a ter esperança quando percebi que ela responsabilizava o Adelino pelo ataque. Chamou-lhe fraco, chamou-lhe molenga, é sempre um bom princípio de conversa a mulher de um casal unido no mesmo combate exigir finalmente alguma protecção. Ele gritava que a ideia tinha sido dela. Ela gritava mais alto que os gatos eram comunhão de adquiridos e responsabilidade de ambos. Idiossincrasia da Maria das Dores, advogada, que nunca se apartava mais do que dois centímetros de uma linguagem vinculativa. Ouvi-a usar o cabo da vassoura nos lombos dos bichos, os gritos rancorosos das feras, tudo isso me deu alguma esperança. Mas acabei por perder o interesse. De cada vez que jantávamos era ao som dos uivos e dos rosnidos dos gatos que sibilavam e lançavam uns guinchos feitos de palha de aço, se atiravam contra as vidraças das portas da varanda, com os olhos em chama. Era ódio, aquilo, ódio puro. À mesa, não havia conversa que durasse. Não havia petisco consolador. Era impossível ignorar tanta malevolência, a luta pela supremacia, o horror, a ameaça de que arranjassem maneira de atravessar os vidros duplos e nos despedaçassem. Um a um os amigos foram deixando de aparecer, mesmo os mais humanos, que recebiam dos gatos toda a casta de insultos e ferimentos, e ambos os Carneiros da Mota viam os amigos ir como quem aceita o seu destino e assim paga o preço da sua humanidade.

De noite, a meio da noite, escrevi no diário o que mais me movera nessa última ceia em casa deles. Lastimavam o desaparecimento dos amigos, é certo, mas não assumiam qualquer responsabilidade nem desejavam qualquer mudança. Amigo é amigo, mas o Franco e a Manca eram família. O escrito, no entanto, não se refere directamente à experiência do serão, mas continua o comentário antes começado: «O que eu vejo no dono é esse pavor arcaico do tigre, que ele mandou capar. Foi ele, o dono, que o levou ao veterinário. Para que não se reproduza. E, no entanto, a luta de nada serve. Há seiscentos milhões de gatos domésticos no mundo. Tigres são treze mil, eram treze mil. Oito mil cativos, cinco mil libertos. Cresce a cidade em altura, aumenta a nostalgia das florestas, nas suas estantes de betão a humanidade acolhe gatos. Avança a cidade pelas florestas, avança a humanidade sobre as terras dos tigres. Esses, sim, livres. Esses, sim: sublimes. Que o dono do gato deixou matar, que ele deixou extinguir. Substituto na saleta, troféu inócuo, o bichano.» E sabendo-me só com o meu diário, pude avançar honestamente na verrina: «A vossa humanidade é toda doméstica, é toda capada, é toda ronronada, é o conforto no horror, é sedução, vitimização, coitadinhização, é não ver o que não convém, ó donos desses gatos, multidão de eunucos, gatos que dizeis nobres, livres, selvagens, as vossas saletas são os Coliseus dos pobres, microzoológico régio que exibe o poder sobre o que sobre nós tem poder, pasto e suporte das ditaduras, aceitantes de tudo, donos do voto útil, dos programas do consenso, altar onde os felinos depositam os passarinhos assassinados por prazer, ratos e répteis e plantas, planetas inteiros.»

Agora a história de Pérola: foi salva *in extremis* e completamente por acaso (a dona diz por milagre) de uma ninhada que foi a afogar. Ou por ser a primeira, ou por ser a última, ou por ser cinzenta, ou por ter um olhar assim ou assado, ou por outra razão qualquer, o carniceiro que tivera a intenção de lhe tirar a vida ou se esqueceu ou se arrependeu. Daí a Pérola tirou quem sabe a noção errónea de que é especial, noção aliás sempre reconfirmada pela dona que a trata com a deferência devida a um ser superior. A humanidade de Bernardette vê-se sobretudo nisto: não se afasta de casa mais de dois dias para não deixar a Pérola sozinha, é pontual e imaculada nas refeições que prepara e serve, se a gata não come ela fornece alternativa *gourmet*. Nem o marido nem o filho têm tanta sorte. Se não comem, paciência, nunca ninguém morreu de fome. A Bernardette faz o que pode e o que não pode para proteger o ambiente. Tornou-se a um tempo reciclante de tudo e vegana, aprendendo à custa da família as receitas que tirava dos gurus do bem-estar da internet. Muito coco comeu aquela gente! «Porque nós somos primatas, ensinava a Bernardette, deitando a lata de frango na tigela da Pérola, não somos carnívoros, os gatos é que são carnívoros, mas comem de tudo. E além disso, temos de ser responsáveis, cortar a carne do menu, porque não é saudável e não é ambientalmente sustentável.» O Màrinho, acordando a meio da noite desesperado de fome, vai às latas da *mousse* de frango da gata, que lhe sabem a peixe, mas é logo apanhado na contagem. «Uma, duas, faltam latas!» Bernardette não é meiga nos castigos, a sua humanidade não abarca os humanos seus mais próximos. Acresce que tem uma ideia solene da educação – e o menino nessa noite nem coco, nem quinoa, é uma sopa de urtigas e cama. Mas a Pérola lá está a espreguiçar ao sol na varanda todo o dia, ocupando o lugar melhor, e o Màrinho encontra-a, à vinda vespertina da escola, a fossar nos caixotes com os outros felinos, em corridas idiotas. O dono dos canários veio um dia choroso queixar-se da Pérola. Já era o terceiro casal de periquitos! «Não é para os comer, ela não tem fome, é só brincadeira, os gatos são assim mesmo», disse Bernardette. «Não ligue.» O homem levou com a porta na cara, a dona lançou um beijo à Pérola, disse para o ar, orgulhosa: «Que boa caçadora!», e foi fazer o húmus e uma salada verde para o jantar do menino, e ele, se protestava, levava um tabefe e um sermão sobre o que é ambientalmente sustentável. Eu tive de intervir sobre a questão dos tabefes, porque estive a ponto de me atirar à Bernardette quando ela levantou a mão para o miúdo. À noite os pais fechavam-no no quarto onde ele adormecia a chorar de solidão; Bernardette e Daciano deitam-se com a

Pérola atravessada ao fundo da cama para lhes aquecer os pés. É natural que o Màrinho tenha desenvolvido um certo fastio pelo bicho e o olhe de esquina procurando oportunidades de o atirar para debaixo do comboio. Calma, a precipitação é inimiga do bom senso. O Màrinho nem sabe o que é um comboio a sério, só tem seis anos, na vila não passam comboios há duas décadas, é uma expressão idiomática que ele ouviu a Bernardette, e que significa para ele irritação moderada, olha que te atiro para debaixo de um comboio, olha que me atiro para debaixo de um comboio. E lá vem o dia em que ele exprime em voz alta o idioma, gelando Bernardette e por contaminação, de pele a pêlo, pondo a pulga atrás da orelha de Pérola. Atirar a Pérola para debaixo de um comboio era interdito. Màrinho pôs-se a chorar sem perceber o alcance do que dissera, mas tirando a lição de Pérola sabia que era sempre mais seguro choramingar, miar e ser sonso, do que abrir hostilidades. Os pais eram dois e ele era só um. Bernardette preocupa-se com os sinais que o Màrinho emite em termos de personalidade. Uma criança que diz alto aquela barbaridade, será normal? A amiga professora recomenda vigilância, o Màrinho pode vir a ser um psicopata, cuidado com crianças que dizem barbaridades. Coitadinha da Pérola. Daí a pouco está-nos a cozer o gato no panelão da sopa. Bernardette redobra a atenção a tudo o que Màrinho faz e espia-lhe os movimentos pela casa, que não é grande. Convoca Daciano para esta obra de amor, ele compreende, diz que sim, mas revela-se pouco activo na vigilância. Màrinho gosta desta nova atenção, percebe que a mãe reage melhor quando ele está a fazer alguma coisa que não deve. Bernardette defende a Pérola com o próprio corpo das aleivosias do filho. Fala à amiga professora, num pranto, ela dá-lhe o nome da psicóloga. É necessário subir mais esse degrau na escala da sua desumanidade: o psicopata faz-se no ninho, corte-se o mal pela raiz. Pérola aprende a queixar-se do menino. Leva muitos mimos. Ocupa todo o colo da mãe. Màrinho é mandado passar férias para casa de uns tios. Esses tios estão velhos e passam o dia a ver televisão. Màrinho anda só pelos campos, até encontrar, por obra de outro acaso, uns carris. É aí que se apaixona pela linha do comboio, tão recta e paralela, direita a um horizonte sem mácula, segue-a, vai dar à estação, pergunta os horários, apanha a linha do Tua e desaparece para sempre. Pérola ocupa-lhe a cama e o quarto, declara real independência da dona, torna-se esquiva e com o tempo arreganha-lhe os dentes de cada vez que ela se aproxima. Bernardette, quando a visitei muito depois disso, sente a deserção de Pérola como punhaladas no peito. Encosta a orelha à porta do quarto. Não abre para não incomodar. Pergunto-lhe pelo menino, mas ela não se lembra. Estranho aquele olhar perdido, faço gestos ao Daciano. O Màrinho estava bom, estava a salvo, algures longe deles. «E a Bernardette?», pergunto. «Apanhou a toxoplasmose, ficou mais patetinha», disse ele. «Mas pouco mais», disse eu. E rimo-nos e foi bem feito.

Não me arrependo. Que fúria contra a Bernardette! De tal maneira que nem consegui contar o serão no meu diário, saiu uma entrada rancorosa e uma acusação geral, assim: «Consigo compreender a paixão por uma iguana, por uma hiena, são excentricidades que apenas tornam interessantes quem as tem. É paixão, tem tratamento. Um amor convencional por gatos abandonados é incurável. Faz bem a quem o tem, não chega a ser considerado patológico. É bem visto, como casar dentro da corporação ou seguir a carreira do pai. Não, amigos, sossegai, não falo dos vossos gatos, os vossos gatos são excepcionais, isentos de toda a ignomínia, mansos, inocente conforto de vossas almas, são novelos de ternura, nem sequer cheiram a gato, são hipoalergénicos, consolação de vossos dias, festas, beijos, abraços, quem os não quer? Eles são a companhia muda e queda, anafada, adormentada, anestesiada, presença discreta, animais intuitivos, espertíssimos, personalidades fascinantes, arquétipos da liberdade que por eles haveis perdido. Não, descansai, não falo dos vossos gatos.»

Como esse lerdo lorpa do Faruk, que se fingia dormente e todas as noites saía para saquear as redondezas, os outros gatos que conheci não se inibiam de se roçar nas minhas pernas, fazendo-me gritar e encolher de medo e raiva; ou saltavam-me inopinadamente para o colo, ou avançavam pelas costas do sofá para me atacarem pela cabeça. Assim que os vejo tomar balanço, tolda-se-me o entendimento, toma conta de mim a coisa arcaica, aquela mesma que nos fez primeiro na História do Mundo entrar sós nas casas, para nos protegermos, separando-nos das outras espécies. Viro para o dono do gato um olhar suplicante, mas por dentro destilo fel contra o felino. *Sou alérgica!*, é a única razão aceitável, que não põe em causa a solidez da minha humanidade. Ali, no confronto do bicho que malcriadamente me invade, é da afirmação da minha humanidade que se trata. Uma pessoa que não gosta de gatos, que não os mima como se fossem bebés, que não arrulha, os acaricia e lhes dá prendas, essa pessoa não é humana. Tem um cancro da sua humanidade. E esse cancro é visível como lepra, repugnante para os outros.

Agora é o Limpopo. De todos é o que causa maior nojo, um gato pelado, semelhante ao coelho, pronto para o forno. Limpopo é esfíngico e não emite sons. Aterroriza só de olhar para nós. Os seus donos, uma família de cinco, preferem deixar-lhe o espaço da sala e acabam por mobilar a garagem com os confortos modernos, televisão e computador. Mas o Limpopo ocupou a garagem e destrói numa patada o *tablet* novo dos cinco. Nunca conheci crianças mais bem--comportadas, cientes dos seus limites; falam sempre baixo para não acordarem o Limpopo. Vivem fechadas nos dois quartos que lhes foram atribuídos, encostadas à parede, de auscultadores na cabeça, ligadas aos seus telemóveis. Um jantar em casa dos Guerras Junqueiros segue quase sempre o mesmo guião. Quando o Limpopo entra na sala percorre a família um arrepio de excitação e, hirtos nas cadeiras, pais e filhos seguem o decurso do gato pelo canto do olho. Por vezes ele traz um brinquedo na boca, um rato de borracha, ou um peixe azul com um olho amarelo, e quando salta para a mesa e se passeia por cima dos pratos, eles apenas se encostam aos espaldares, de olhos fechados, a gozar a humilhação. Os filhos sabem que nenhum dos progenitores lhes pode valer. Deposita o brinquedo, normalmente no meu prato, e procede à exibição angustiante da sua natureza felina: em vómitos cada vez mais fundos, puxados do interior sempre com a mesma arregalada surpresa, regurgita uma bola de pêlo e recolhe do prato o que lhe agrada; come ali mesmo, de rabo glabro alçado voltado para mim, ou leva o *boeuf bourgignon* para a sala. Muita da veneração dos donos se deve, talvez, à suavidade dos saltos sem consequência. Não sendo pássaros, com que nada temos em comum senão uma poética puída, os gatos escapam, apesar de terrestres, à gravidade que nos atormenta. Admira-se a fictícia imortalidade do gato, e atribui-se-lhe toda uma simbólica que diz mais sobre a nossa desgraça que sobre a verdadeira natureza dos felinos. Há na Clotilde um sorriso luminoso, feito do orgulho de ser dona de um bicho tão transcendente. As crianças pedem para se levantar da mesa, o pai faz voz grossa e lembra que ainda não acabaram a refeição. A dona leva para a cozinha os pratos e os restos do massacre do Limpopo, e não se esquece de dizer:

– Este gato é um senhor! É incontrolável, um verdadeiro Rei. Pensas que deixa que nos aproximemos dele? Uma vez, ainda era pequenino, ia arrancando um olho ao Ricardinho que lhe quis fazer uma festa. É duma altivez, duma soberba! Não quer saber de nós para nada! É mesmo um felino!

– É admirável – diz o marido. – É ele quem manda cá em casa.

Depois o Limpopo começou a ficar mais pelos cantos, abatido na sua realeza. Que é que ele tem, que é que ele não tem, o facto é que a família não se organizava sem aquela presença aterradora. As crianças levantavam cabelo, falavam torto aos pais, que os insultavam e os cobriam de interdições, sabendo que nunca seriam obedecidos. Não havendo Limpopo, não havia naquela gente noção de lei ou de limite.

Mesmo não tendo pêlo, começou a cair o pêlo ao Limpopo. Levaram-no ao veterinário, era cancro. As contas acumularam, e sem comparticipação possível. O Zé Maria teve de sair da reforma por invalidez e voltar a trabalhar na loja. Mas o Limpopo é que não podia ficar sem a quimioterapia, sem o acompanhamento médico, sem as massagens, os passeios a ver o mar, o salmão com *crème fraîche*, podia levar a mal, quem sabe o que poderia fazer. Se o amor realmente salvasse, o Limpopo estaria hoje vivo e reinaria supremo em casa dos Guerras Junqueiros. Mas finou-se, os miúdos cresceram, seguiram a sua vida, e não houve um único que não tivesse em casa pelo menos um gato. O mais novo, o mais rebelde, estudou para veterinário. Mas não conseguia fazer as eutanásias aos gatos. Tinha de ser a assistente. A sua humanidade trouxe-lhe uma multidão de doentes, todos queriam ver os seus bichos de estimação tratados pelo Ricardinho.

Para terminar é o Pitágoras. Este gato cor-de-laranja, gordo e estúpido como uma corvina, era para os donos outro milagre. De profissão, Celeste era funcionária da Câmara, apanhadora de cães vadios, que levava ao canil e quando chegava a hora – injecção letal, sem fraquejar. Assume-se que não gostava de animais? Ou que os matava por misericórdia? Ou para não perder o emprego? Conhecendo-a, pragmática, despachada, nada sentimental, vou por esta última. Pois é exactamente à Celeste que isto vai acontecer: a mãe querida morre de repente, dum aneurisma, e no momento mesmo em que dão à filha a notícia pelo telefone, estava ela a fritar carapaus para o almoço, aparece-lhe o focinho do Pitágoras à janela. Isto é coisa conhecida, os cães têm de se ir buscar ao canil, ou comprar à loja, ao criador, mas os gatos, como almas penadas, aparecem à porta dos putativos donos para os assombrar. O estranho é que Celeste não estranhasse o bicho e se convencesse de que era a alma da mãe a agir no gato tigrado. O marido foi estudar à Wikipédia, reencarnação das almas, foi Pitágoras? Por mais que os filósofos debatessem se a ideia da reencarnação era de Pitágoras, todos concordavam que uma alma para voltar ao mundo tem de ser numa pessoa ou num bicho que nasça naquele momento mesmo da morte, ou pouco depois, nunca uns anos antes. Este gato ao que parece era caso único da premonição da morte da mãe de Celeste unida a uma reencarnação da mesma. «Foi o cheiro do peixe!», disse o marido, empírico. «Ela gostava tanto de carapaus, não te lembras como a minha mãe gostava de carapaus?» A ligação estava feita. Celeste, tendo uma profissão dedicada à morte, e que durante toda a sua vida adulta tentara evitar o contacto com a mãe, que lhe causava erisipelas psicossomáticas, logo após as alegrias do reencontro, acabou por ter com o Pitágoras uma relação de simbiose tal que se curou dessa e de todas as doenças, excepto o eczema persistente e os ataques de asma que não tinham nada a ver com o pêlo do gato. Através do Pitágoras, Celeste compôs para si própria uma mãe como deve ser, amável, alegre, crepitante de vida, a léguas da insuficiente matrona dispéptica que ela tinha sido. Pitágoras foi o único caso patentemente terapêutico que conheci. Psicanalisou a Celeste uns anos e depois, diz-se, morreu num incêndio. Mas por etapas: vivia Pitágoras em seu remanso alfacinha, gato sociável e boa boca, com um único defeito. Tinha a esquisita mania de se empoleirar na botija do gás, que Celeste, pragmática, como já disse, e económica como agora digo, gostava de fazer tombar para lhe sugar os últimos eflúvios ao butano. Incapaz de distinguir a horizontal da vertical, inépcia geométrica que a mãe de Celeste já manifestara, Pitágoras fazia rolar a bilha para trás e para a frente, equilibrando-se nas fortes patas. Celeste gostava daquele lado ginástico e mesmo palhacístico do gato, sem menoscabo das consequências para a segurança do prédio. O gás ia saindo pelo orifício do tubo de borracha que devia ter sido mudado há uns dez anos, e o marido da Celeste, dando ao interruptor na sala, provocou uma explosão que o levou logo ali. Pitágoras ficou pronto para nova reencarnação. A casa lançava labaredas pelas janelas quando Celeste chegou de urgência. O primeiro pensamento de Celeste foi para a mãe. Atirou-se aos restos da porta, os bombeiros não conseguiram detê-la, nem à mangueirada. Entrou, mas estava curada da mãe e foi imediatamente expelida, com o cabelo chamuscado.

Em apêndice, para os mais tolerantes, vai a moral da história: Joya é uma prostituta de clientela fixa que trabalha a partir de casa ou na mata de Mitridates. O marido é camionista de longo curso e os quatro filhos pequenos vivem ao deus-dará, pelos vizinhos e um ou outro parente que em último caso os recolhe por um tempo e depois os regurgita, exasperado. O sítio é um bairro de barracas, com esgoto a céu aberto, sem água potável, e com a electricidade instável de puxadas ilegais. Mas sobre Joya o que pesa é o refúgio de animais que pouco a pouco se foi instalando paredes meias com o seu casebre. São sessenta e muitos gatos, vinte e poucos cães, e até uma geração de cabrinhas com o seu ar assarapantado. Joya atira o vestido pela cabeça e sai sem se abotoar. São seis da manhã e ela não viu sono: à noite os animais estão sozinhos e o barulho é indescritível. Pelas quatro, de punhos metidos nas orelhas, ela inveja os surdos e os insensíveis de todos os sentidos e considera ir de porta em porta indagar por uma alma gémea. Mas as vielas de terra batida estão desertas, o pinhal ondula na brisa, para além está o negro da mata e ela é a única condenada ao inferno. De manhã, de passagem, as vizinhas hão-de comentar outra insónia colectiva. Mas é assim mesmo, não se pode fazer nada, já ninguém conta com a tranquilidade na favela. As crianças dormem amontoadas, de vez em quando suspiram e voltam-se na cama, os uivos, os latidos, os rosnidos, os ladridos, o sibilar dos gatos assanhados, algo deve insinuar-se pelos ouvidos até ao sono. Disso tudo com certeza entrará no sonho delas a miséria daqueles bichos, malnutridos, doentes, impotentes, presos nas minúsculas celas nauseabundas. Vítimas do capricho salvador de Marisol e Manuel, donos do refúgio. Joya sai de casa e avança para a cerca alta de chapa ondulada e malha de sombra. Bate grandes palmadas, alcançando um silêncio de surpresa instantâneo. Logo recrudesce o ladrar dos cães, em uníssono, com ganidos e uivos e ela desvaira numa catilinária cada vez mais aguda, grita e grita de raiva, manda calar, suplica, e acaba encostada à cerca, chorando de desespero no meio de um carnaval sem trégua. Os donos do refúgio chegam pelas nove e meia para dar de comer aos bichos, são um casal sem mácula, dedicados, conscientes, cheios de espírito de missão. Onde cabem trinta, cabem trezentos. Os bons cidadãos temem os acessos de fúria de Joya, mas a Razão é maior e o Dever não quer excepções. Joya sentou-se ao portão à espera deles, entretanto descaiu na sonolência, Marisol quando a vê dá uma cotovelada no Manuel, abrem o portão e trancam-se por dentro. Joya acorda, chama-os, eles escondem-se e, bem abrigados, gritam que estão a chamar a Guarda. Não é a primeira vez que Joya os ameaça de morte. O refúgio tem cinco anos sem licença e seria pequeno para vinte animais. Volta e meia Joya perde a cabeça, vai buscar a faca do pão ou acena-lhes com uma pistola de brincar, a Guarda vem, Marisol parlamenta, acusa Joya, a Guarda vai, Joya ameaça de novo Marisol, ela ri-se e entra na barraca a abanar a cabeça. O desprezo com que a tratam leva Joya ao rubro. De noite, enquanto os cães ladram como loucos, ela planeia o homicídio duplo. Mas sabe que não tem força para os levar aos dois. Há-de ser com uma máquina, um tractor roubado. Pela alvorada lembra-se que eles têm carro e com o carro ela pode deitar abaixo a cerca e ceifá-los. Abatidos, há-de estrangulá-los. Depois passa-os pelo fio da faca. Vai ao minimercado escolhê-la. Compra uma que parece perfeitamente adequada às carnes secas de Marisol e Manuel. Joya não sente qualquer prazer neste programa. Quem não for sensível ao desespero de um animal encurralado pouco há-de entender a situação. A partir daqui é como entrar em acção um mecanismo: Joya chama o marido de quem já está separada e entrega-lhe os filhos, a serem criados pela nova mulher, longe dali. Ele reage mal, chama-lhe louca, desaparece. Na manhã seguinte, ela espera pelos donos do refúgio, vai ao carro mal estacionado a meio da via

– Marisol e Manuel vêm sempre de corrida –, puxa com força a porta do carro velho, que cede, guia aos sacões até ao portão atamancado do canil, investe, atira tudo abaixo. Quando surgem Marisol e Manuel a correr do fundo do pequeno pátio coberto de dejectos, Joya acelera e leva-os a ambos contra a parede. Descem nela a calma e o sangue-frio. Agora que começou, é terminar. Primeiro, pega no cacete, e é à pancada, depois, selvagem, animalesca, à facada. Vizinhos que iam a passar juntam-se em silêncio ao portão. Não são meninos de coro, pancadaria e sangue fazem parte do dia-a-dia. Mas ninguém se aproxima. Assistem ao massacre. Os cães, excitados, ladram. Os gatos desaparecem. Só as cabrinhas esperneiam para libertar da corda a pata presa. Joya desce a viela e entra em casa, coberta de sangue. Ao filho mais velho diz: «Quando a Guarda chegar, estou só ali a mudar de roupa.» Antes, tivera o cuidado de tirar da arca o vestido de sair, fora à matança em fato-de-treino. Toma um banho na tina por baixo do jerricã. Deixa correr a água fria sobre a cabeça no quarto gelado. À Guarda, pouco depois, há-de dizer: «E ainda lhes havia de arrancar as cabeças e espetá-las em cabos de vassoura, mas faltaram-me as forças.» A Guarda tratou de entregar as crianças à assistência, distribuiu os gatos por beneméritos, o resto foi eutanasiado, como os cães. As cabrinhas, sendo úteis, foram disputadas a murro pelos vizinhos, sacrificadas e eucaristicamente comidas com extrema unção. Joya apanhou vinte anos de cadeia, pôde enfim dormir – e no bairro, à noite, reinam o silêncio e a paz.

IV
BAGAGEM

Reencontrámo-nos! A coincidência! O golpe do destino! Não me lembro já porque nos separámos! Uma coisa terá sido, um acidente, ou incidente, um quiproquó, um mal-entendido. Um equívoco. Deve ter sido um equívoco. Eu disse isto ou aquilo, ela percebeu aqueloutro, ou vice-versa, nunca mais falámos. Ou nem isso: no melhor do nosso breve encontro, ela foi convocada pelo destino, uma urgência familiar, um amor maior, um emprego distante, encaminhou-se numa direcção, eu noutra, trocámos as primeiras cartas, ela demorava a responder, eu cada vez mais. Ou fui eu o convocado para o meu destino. Naquelas idades ainda há muito em jogo, as convocatórias são fatais. Passaram quarenta anos. Mas agora reencontrámo-nos e vamos encontrar-nos. As fotos de vida que ela envia são daquela uma e mesma pessoa, o olho vivo, o pé ligeiro, rodeada de dinâmicas, apenas submetida à pressão da passagem do tempo. Vem de iate, vem de parapente, trepou montanhas, amarinhou às gáveas dos navios, todos esses nomes perigosos da navegação, os portalós, os traquetes, as retrancas, o mastaréu de joanete, a verga alta! A bujarrona!

    Depreende-se que desconstruiu, gastou, explodiu à grande, de movimento e júbilo, boémia, fadista, amantes, patuscadas, noitadas, que tudo isso já estava na promessa. Lembro-me dela a entrar e a sair, não me lembro dela a estar. Chegava sempre afobada e logo de saída, atirados de pantanas os pertences, espalhada na sala toda a sua história que ficava a tilintar nas vidraças, enquanto ela lutava com o tecto, transitoriamente confinada, sempre duas oitavas acima. Gostava de me escandalizar, a mim, que raramente me escandalizo, para isso precisaria de me importar. Mas relatava cenas íntimas de forma técnico-científica e o nojo misturava-se na curiosidade contrariada. Homens, mulheres, não se inibia. Comigo não me lembro de se inibir, nem com ninguém que por acaso atravessasse o raio da sua motivação.

    Não a reconheci logo na velhota arrimada a um malão de oito rodas. Grisalha, vestida de menina pequena. Mas deduzi. Oito rodas numa mala de porão fazem-nos pensar que devia ou ele ter asas, ou o viajante uma força sobre-humana. Oito rodas permitem o peso, mas condenam a leveza. Como se veria pela sequência, quando chegou a altura de subir a escada até ao quarto e nos olhámos no sopé, demoradamente, como se quiséssemos tirar à sorte o carregador ou esperar um milagre. Nesse momento já eu tinha percebido que ela não era a pessoa que eu esperava e imaginara. Ainda antes de sair do barco, as mensagens tinham-se tornado cada vez mais curtas, ríspidas. As primeiras instruções entrelaçadas em emoções e frases atinentes à excitação do reencontro tornaram-se ordens, duma brevidade estenográfica. «Estaciona.» «Põe-te onde eu te veja.» «Mostra-te.» E depois, como Cristo ressuscitado exalando luz do peito: «Eis-me! Estou aqui.» Não se imagina a abrangência do meu terror. Cinco dias ainda por viver de hospitalidade forçada, desde logo arrependida!

No caminho para casa obrigou-me a parar no supermercado para comprar «as coisas dela». Disse: «Fica no carro.» Estão já os trinta graus da praxe, é uma e meia da tarde, fico no carro e morro desidratado. Falou-me da viagem, recomendou a mala na bagageira como um animal de estimação. «Não te afastes dela, não a deixes desacompanhada.» E ainda voltou atrás, «é muito importante para mim». Percebi que o percurso da viagem tinha sido determinado pela mala. Ela era a viajante, mas quem mandava era a bagagem. Havia companhias em que se pagava a mala, outras aceitavam bagagem sem preço adicional, mas essas eram excêntricas, e era preciso tomar transportes desses aeroportos para os centros ou para outros em que a bagagem se pagava. A verdade só saía em cima da hora. Até determinado peso podia a bagagem viajar na mão, outros pesos tinham outras medidas, mas a capacidade ansiogénica do transporte da mala ia muito acima e além da natural angústia da viagem. «A qualquer momento te pedem dinheiro pela mala, e isso pode duplicar o preço», disse. Percebi que havia combate orçamental. E que entrava em cada aeroporto de coração apertado, fazendo deslizar as oito rodas do malão, lendo com expectativa os sinais na cara da hospedeira de terra. Acabara por fazer a última perna de barco, embora demorasse sete horas, mas no barco não se pagava a mala e ela não tinha pressa. Estava era a cair de cansaço, o barco vinha cheio e ela sentada na mala até lhe doer tudo sem excepção. Falou sem intervalos desde que primeiro nos abraçámos. E abraço mais desajeitado, nunca se viu. Sempre de mão no punho da mala, avança ela de banda para mim, a mão esquerda estendida e um sorriso largo. Eu avanço para ela hesitante, sem saber como lhe hei-de pegar, se de lado abraçando-me ao lado esquerdo dela, se encaixando-me de frente, na mira de lhe tirar a mala. Não estava à espera da resistência que opôs, não largando nem por nada, mas em contrapartida atirando-se para a frente e depositando-me um insólito beijo no pescoço. Espantei-me, afastei-me, olhei-a perplexo. Depois começou a falar. A voz era excitada e extenuada, aquela voz dos cardíacos, sempre a raiar o esvaimento.

Quando voltou do supermercado, uma hora depois, com um saquito de plástico com meia dúzia de plátanos, disse: «Agora tenho de comer» e fomos para casa, mas quando chegou a casa deitou-se no sofá, e não se mexeu mais. «Queres um refresco, ao menos?», perguntei. Ela não respondeu, apenas disse que não ao de leve com a cabeça. Fechou os olhos e ali ficou. E eu de consciência tranquila. Fui à minha vida e de vez em quando passava na sala a ver se ainda ali estava. Continuava na mesma posição, a respirar devagar, de olhos fechados, mas não parecia estar a dormir. Considerei a mala, considerei a escada até ao quarto das visitas, desisti da ideia. Dei por mim a pensar na maneira mais elegante de saber quanto tempo tencionava demorar-se. Dissera-me que vinha ao aniversário de um amigo e que tinha uma cunhada na vizinhança. Mas que a razão primeira era eu, o nosso reencontro, ansiado, e duas vezes adiado. Tínhamos tanto que conversar! «Quarenta anos», disse ela. «Mas falamos só dos marcos, do essencial...», disse eu, por uma questão de calendário.

Acordou fresca quando eu me preparava para dormir e quis pôr-se a fritar churros. Tive de ser claro, a casa era minha, em minha casa não se frita, não se assa e não se fuma, sobretudo quando me preparo para dormir. Eu não cozinho e não tenho exaustor, que comesse carnes frias. Quando muito, ovos mexidos. Prolonguei a vigília, fiz-lhe ovos mexidos, que haviam de enlanguescer no prato até ficarem cinzentos, depois verdes, depois, lixo. Ela afinal não tinha fome. Comeu uma banana das minhas. Aí é que se deu a cena da mala aos pés da escada e nós a olharmos um para o outro com hostilidade. Depois ela fez uma espécie de genuflexão e deu a entender que ia empurrar cuidadosa e deliberadamente a mala pela escada acima contra todas as leis da Física. «Eu ajudo», disse eu. Já me tinha tirado o sono. Mas aquela força da natureza que ela fora em jovem, cabelos em fogo, chamas no ventre, mostrava-se de uma fragilidade que fazia pena. Fiz-me homem e alombei com a mala. Subi sem parar. A mercê valeu-me uns dias dolorosos. Surpreendentemente para tanta roda, a mala teria pouco mais que vinte quilos. Deixei-lha no quarto, desci a escada, estava ela sentada a arfar, acenou com a mão sem fôlego, ficava ali mesmo. Tive medo que me morresse nos degraus, afinal não sabia nada da sua história, mormente a patológica, se adoecesse em minha casa nunca mais me livrava dela, a não ser que houvesse lugar a hospitalização, mas a hospitalização não é segura, é uma possibilidade, mas não se pode contar com ela. Ainda tentei pegar-lhe por um braço e ampará-la até lá acima, mas ela recusou a ajuda, e eu fui-me deitar.

No dia seguinte os ovos estavam como estavam, e ela a dormir toda torcida de cabeça no degrau. Ainda me assustei, fui ver se respirava, e ela acordou, assarapantada, perguntou: «A minha mala?», e eu indiquei o quarto em cima com um gesto de cabeça. «Vou abrir a mala», como quem dissesse, «chega de brincadeiras, isto agora é a sério.» Suspirou, gatinhou pelos degraus, ouvi-a fechar a porta do quarto à chave. Mentiria se dissesse que não tinha curiosidade pelo conteúdo da mala. Mas acontece algo na velhice que nos afecta a curiosidade pelas malas dos outros. Pelos outros em geral, aventurar-me-ia a dizer. Sobretudo velhos amigos que não vemos há quarenta anos. Desde que não traficasse drogas, e em traficando, não o fizesse de modo a provocar uma reacção minha, eram muito bem-vindas por tempo limitado ela e a sua mala de oito rodas.

Dei por mim à espera. A hospitalidade é um arcaísmo de que sofremos sem querer. Tomei consciência de estar a espiar os ruídos que vinham do quarto das visitas, sentado na sala, com um livro nas mãos, pensando sem pensar se ela quereria tomar o pequeno-almoço, ou sair para a praia, ou pelo menos ter a tal conversa dos quarenta anos de ausência. Sentia-me interrompido pela presença dela. Tinha muito que fazer, mas sem prazo fixo; suspendera tudo para a receber, fazendo a cama e arrumando o quarto das visitas. Agora não havia uma direcção definida. E a viagem errática que ela fizera, ao sabor de bilhetes em promoção em companhias de transporte gratuito de bagagem, incluía outro elemento insólito na realidade já de si bastante fosca em que eu entrara à chegada dela. Mas a casa continuava em silêncio e eu acabei a saborear uma sesta no sofá.

Como pelas duas da tarde não houvesse alteração e o dia se perdesse inglório, subi ao quarto a saber notícias. Vinha um cheiro religioso, um fumo de incenso, da porta entreaberta. Bati, abri mais, ela estava sentada na cama a pentear o cabelo. Na mesinha de cabeceira vislumbrei um caos de frascos e uns cotos de paus de incenso. «Tenho de ir», disse. Eram os anos do amigo, já estava atrasada. Era óbvio que eu a levaria à festa, no lado oposto da cidade. Fechou muito bem a mala, sem esquecer o cadeado e o código, pegou no saquito dos plátanos e desceu. «Não comes nada? Tens ali os ovos...», disse o anfitrião. E ela, sem responder, arrancou mais uma banana do mesmo cacho.

Estava a achá-la mais viva. No carro disse-me que há muito desistira de ter morada fixa, que se entregara à sua verdadeira natureza, deambulante, passando a vida a viajar de um lado para o outro ao sabor dos encontros e reencontros, e era uma vida rica, variada, fluida, excitante e que assim conhecera muitos lugares novos e visitara amigos que julgara perdidos. Entre eles este amigo aniversariante, um actor famoso, agora reformado, e preparava-se para entrar na biografia quando se interrompeu: «Põe o GPS.» Deu a morada. Senti, no entanto, que tudo o que dizia era para não dizer o que teria mais a peito. Elevava a conversa de circunstância a um patamar de reserva que raiava a falsidade. «Pára aqui», disse. Abriu a porta, saltou do carro. «Vens buscar por volta das nove?»

No quarto havia tralha por todo o lado. Tirara da mala, para além dos inúmeros frasquinhos homeopáticos de grânulos e gotas, pacotinhos com ervas e poções, um fogareiro de barro e a respectiva lamparina, que devia servir para fazer «as coisas dela». Pendurara os vestidos indianos nas cruzetas, mas fora dos armários, dando ao todo um colorido de feira indígena. Acumulavam-se as perucas, as extensões, os pentes e os frascos de remédios sérios sobre a cómoda. Pairava um cheiro a curcuma, e da trave da cama oscilava um espanta-espíritos de bambu. Deu-me ideia de que se instalara e estava a contar demorar-se. Tentei recuperar o motivo do meu contacto, a curiosidade que me permitira entusiasmar-me com a visita de uma mulher que conhecera pela rama em tempos idos e que agora me tratava de hospedeiro e condutor. Passou-me pela cabeça não ir buscá-la nunca mais, na fantasia de que não soubesse reencontrar o caminho para minha casa. Deixava de atender o telefone e entrava em regime de clandestinidade. Havia de lhe meter tudo na mala e abandonar a bagagem no terminal dos barcos. Depois assaltou-me a dúvida sobre o cadeado. Não sabia o código. E, além disso, haveria com certeza uma razão para proteger o que restava, para além do que espalhara sobre móveis e paredes.

Passava da minha hora de sossego, fui buscá-la contrariado. Ela vinha exuberante, e eu pude entrever por momentos a rapariga que tinha sido. O riso um pouco turvo da idade, mas a mesma despreocupação, o desprezo pelo rumo. Disse-me que conhecera gente fabulosa, com casas em sítios incríveis, e que tivera convites para férias e festas nos sete continentes. No rol vinha ainda um antigo amante, que humildemente lhe oferecera a mão e a vida partilhada num contexto simples, à espera, imagino eu, de uma escusa. Mas assim que se apanhou em minha casa, deitou-se ao comprido no sofá que era o meu lugar de eleição, e fechou os olhos. Depois aceitou beber uma tisana e sentou-se a custo. A vida dela, narrada com tanto desvio que fazia perder o eixo da conversa, contrastava com a figura desfalecida que mal segurava a chávena. Eram projectos grandes, sempre trabalhosos, e era preciso esperar décadas sem resultados. Um projecto de aprender joalharia, nunca realizado, outro de abrir uma olaria tradicional, ainda sem financiamento, e estudar chinês, claro, uma ideia antiga. Pelo meio falou dessa cunhada que não via desde que ela se tinha separado do irmão, também há umas décadas valentes. Pediu para lhe ligar do telefone fixo. «Acho que não tenho», disse eu. Ela agora não tinha telefone móvel, estava descarregado na mala, e não tinha carregador. Eu tinha carregador, mas não servia. Trazia na malinha um papel com o número da cunhada, fui eu a ligar. Pessoa cheia de suspeita, a tal cunhada. Por qualquer razão, não quis aceitar a chamada, como se alguém a obrigasse a pagá-la. Depois não quis saber de quem era a chamada. Quando mencionei o nome da Maggie, ela fez um silêncio, prolongou o silêncio, dei-lhe tempo para registar a informação, até vir do outro lado a pergunta: «Quem?» Passei o telemóvel à Maggie, a sua voz mudou, tornou-se meiga, com risinhos de virgem. Fez-se adorável, a cunhada estava muito velha, bem conversadinha aceitaria a visita uns quinze dias. Conseguiu afinal mais do que pretendia, a cunhada disse que estava no carro, vinha buscá-la para almoçar. «Não», disse ela, «não, agora estou uns dias em casa de um amigo.» «Diz-me onde é, passo em cinco minutos, vamos almoçar.» Não quis, não podia agora, mas a cunhada não aceitava. «Onde é?», insistiu. Provavelmente era dessas que vivem a despachar tarefas e rever Maggie entrava como um item no rol do dia. «Onde é?», perguntou-me ela, derrotada. Disse-lhe onde é que ela estava, ela repetia desoladamente: «Número 46. É ao cimo da rampa, eu espero à porta.» Palavras não eram ditas, buzinava em baixo a cunhada. Maggie sobressaltou-se, correu para a porta, teve uma hesitação, deu uns passos para o meio da sala, olhou-me aflita e eu soube que a tomara a angústia da mala desacompanhada. «Vai, não te preocupes.» Podia ver-lhe a cara a sossegar da direita para a esquerda e de baixo para cima, primeiro o queixo, a boca solta, as narinas relaxadas, a calma nos olhos. Digo calma com manifesto exagero. Eu assistira a outra coisa na cara dela, aquilo era a Maggie a conformar-se. Ela não confiava em mim. E penso que teria nisso alguma razão.

Subi ao quarto das visitas e encontrei a mala aberta. Escancarada, as rodas gastas paralelas ao chão, exibindo todo o seu ser secreto. Fiquei longe, à porta, saboreando a infracção. Nas nossas idades há tão pouca vontade, tão pouca oportunidade de pecar... Somos tão liberais e indulgentes connosco próprios, que é raro conseguirmos cometer um crime. Avancei para a mala com displicência. Não acredito já em surpresas que não sejam, ao mesmo tempo, um pouco decepcionantes. Sentei-me na cama a olhar para a mala e a considerar a melhor maneira de a abordar. As posições d'antanho, o agachar, o ajoelhar, estão fora de questão. O compromisso foi puxar um banquinho baixo e sentar-me perto. Dentro, além de um par de *singles* de 45 rotações – um deles dos *Procol Harum* –, umas latinhas de graxa e outras de unguentos, postais ilustrados de sítios prosaicos como Antuérpia ou Düsseldorf caindo de livros sem capa, sujos e amarrotados, com as páginas amarelas de pontas recurvadas. Fui-lhes pegando um a um e tanto era a biografia de Zeffirelli, como um manual de medicina aiurvédica, e depois a *Vida Quotidiana no Tempo do Terramoto em Lisboa*. *A Utopia*, de Thomas More. *A Morte de Ivan Ilitch*, de Tolstói, na edição dos livros RTP. Depois, *Minhas Memórias de Salazar*, de Marcello Caetano. Depois, *Os Tigres de Mompracem*, de Emilio Salgari, uma aventura do Sandokan. Esse era familiar. Ainda tinha a velha capa dos anos quarenta e a minha dedicatória: *Para a Maggie, do Filipe, na Graça, Abril de 75*. Passado o primeiro enternecimento, perguntei-me o que faria esse livro na bagagem dela, se estaria por mim ou pelo Sandokan, ou por qualquer outra razão ou capricho. O capricho de guardar é tão caprichoso como o de deitar fora. Toda a mudança dá conta disso. Guardamos por cansaço na mesma medida em que deitamos fora por cansaço, como se o critério que nos leva a manter a posse a certa altura duvide de si próprio e desista. Mas há também na bagagem as coisas de que ainda não conseguimos separar-nos.

Não me lembrava senão vagamente de ter comprado o livro a um alfarrabista da Feira da Ladra, e de lho ter dedicado logo ali, em resposta a uma fantasia que ela tinha muito forte de viajar pela Malásia. A capa era toda de aventura e este livro que eu nunca tinha lido, e comprara num momento semi-humorístico de troça pelos ideais de culturas distantes, andava dentro da mala sabe-se lá há quanto tempo, de país em país, de casa de amigo em casa de amigo, esquecido, lembrado, cansado. Aliás, tal como eu, a Maggie também não tinha lido o livro, nem sequer aberto as folhas a corta-papel, e Sandokan mantinha o seu mistério.

Voltou ao fim da tarde e vinha apreensiva. A cunhada revelava-se mais do que a encomenda, sabia o que queria e também o que os outros queriam e era melhor para eles. Disse: «Mandou-me ir amanhã às oito.» «Da manhã?», perguntei, esperançoso. Era da manhã. A cunhada ia para a ginástica, e ela também iria para a ginástica. E depois, praia. «Vai ser divertido», disse eu. Ela estava aos pés da escada, olhou-me como se me visse pela primeira vez, desse por mim, ouvisse o que eu lhe tinha dito, pareceu ofendida, foi assertiva. «Mas é claro que vai ser divertido!» Era só o que faltava, não ser divertido. Percebeu que o meu interesse por ela se esvaía ali mesmo, no soalho flutuante, como o tigre rebelde ferido de morte. «Gostei de te ver», disse. Subiu as escadas, inesperadamente lesta, ouvi-a fechar a porta do quarto e fui-me deitar.

V
O MENINO-PRODÍGIO

Ele vivia com a mãe e uma criada velha e escrevia livro atrás de livro numa salinha com vista para um jardim chuvoso conhecida como «o escritório do menino». Não eram livros pequenos, mas ele tinha facilidade. A mãe perguntava ao jantar que tal o trabalho. Corria sempre bem. Não se imagina vida mais tranquila. Era sobretudo romance histórico, mas não se acanhava da poesia, drama, ficção científica. Nunca lhe veio à cabeça publicar. Ninguém o lia, só ele, com um prazer a roçar o criminoso. A mãe, orgulhosa e prática, vendo-o um dia a brilhar mais do que o costume e ele sem poder esconder a felicidade de fechar um manuscrito, encorajou-o a escrever para o jornal local, ir a sítios, ler em público, fazer constar a obra. Ele não queria, não precisava, ela insistiu, de conluio com a criada, que juntava argumentos do saber popular, quem não arrisca não petisca.

E foi, porque afinal queria ir. Tomado de um assomo, apresentou-se formalmente ao professor de liceu que parava no Café Central. Mas a conclusão foi devastadora: o professor era limitado. O Café, em si mesmo, achou repelente. Tinha uma grande montra para a Rua Direita e sentia-se a pessoa em exposição como um crocodilo. Tudo era repulsivo, do cheiro abafado dos corpos presos em capotes e sobretudos ao constante chinfrim, em baixo contínuo, que não permitia pensar. Pobre, pífio, provinciano: eis o veredicto. Voltou para a sua biblioteca, por onde o vento passava a uivar, e ele recolhido como um monge, no silêncio, no vaivém do pêndulo do relógio de pé, a lenha a rechinar e o imponderável tombo do toro no lar, incluído sem sobressalto na leitura. Tudo incluía na leitura, fosse ela o que fosse, eruditos locais como Lúcio Tineta Resende ou Atrabílio Calvo dos Santos, ou Dostoievski, Trindade Coelho, Chateaubriand, ou Dickens, Papini, Zola, Steinbeck, Malraux. Ou o *Drama de Jean Barois*. Mas a História de Portugal, isso sim. Obras em tomos, centenárias, monumentais, elegias aos reis conquistadores. Faustos de outras épocas. Admirava os clássicos, sobretudo Virgílio, não desdenhando, entre os modernos, o Conde de Monsaraz ou o Abade de Jazente. Perdoava até à Florbela Espanca a vida um pouco desaustinada e aqueles rumores sobre o irmão. Trocava vidas por sonetos e não se coibia de o proclamar, à mãe, que com ele concordava por princípio, mas sobretudo em cartas, também escritas para a gaveta, em imaginadas entrevistas a si próprio. «E que é a Arte para o senhor doutor?», ele ponderava, escrevia emocionado: «A Arte é tudo!» Doutor também era forma de dizer, mas concluíra o Liceu com dezoito valores, preferido dos mestres, era quase o mesmo. Se tivesse querido, teria sido doutor, como todos os outros asnos que rumaram a Coimbra. Mas a mãe torcera o nariz a Coimbra, onde começava uma agitação que não se podia já considerar mera irrequietude natural dos estudantes.

Mais tarde, na prisão em Caxias, custava-lhe não poder recuperar a serenidade das certezas que não custam nada. Mas interpusera-se a vida, na exigência estúpida do que vai acontecendo, e no homem encarcerado quem sabe o que restaria desse tempo. Sozinho na cela, noite fora, espiando as sombras pelo tecto, lembrava com saudade os serões da aldeia. O descerrar da televisão às sete e meia, a chávena de chocolate quente partilhada com a mãe a ouvir o Vitorino Nemésio, a criada um pouco recuada, num deslumbramento, entre os dois cadeirões de orelhas, sentada num banco de cozinha. Que bem que ele fala, é um regalo, o menino também podia ter um programa assim na televisão, com a instrução que o menino tem. Ele suportava mal a volubilidade do conversador. A oralidade não tinha nem a sobriedade, nem a dignidade da escrita. Preferia mesmo assim o Mourão-
-Ferreira, sedutor e encantador, com a sua dicção perfeita e uma cultura clássica que não admitia converseta. A mãe adormecia, negava, mas adormecia, embalada nas vozes do além. A criada, de olho nela, ouvindo-a suspirar, debruçava-se do seu lugar traseiro e tirava-lhe a chávena da mão. Ficavam até ao tocar do hino, a criada benzia-se com o *marchar!marchar!*, fechava as portas do armarinho que abrigava o televisor, compondo sobre ele o naperon e o jarro de violetas. Depois debatiam se haviam de acordar a senhora, o quarto estava frio, a cama estava quente, Viriato acordava a mãe com festas na cara e amparavam-na pelo corredor. Ela

pedia, estremunhada, que ele lhe contasse o que tinha dito nessa noite o Vitorino Nemésio.

Ia todos os dias comprar à Lucília o *Diário de Lisboa*. Sentia-se quase amigo dos cronistas, principalmente dos mais desassombrados, tinha sofreguidão por crónicas, que lia em pé, logo ali, na tabacaria, como cartas vindas de uma realidade com urgências e opiniões vívidas. Depois folheava as novidades em livro. De pé, o guarda-chuva pendurado do antebraço, pedia à Lucília se podia dar uma vista de olhos e ela encolhia os ombros, queria dizer pode, mas não deve. Ele dava-se pressa para não lhe estorvar o negócio, lia dois parágrafos aqui, dois parágrafos ali de cada livro, limitando à partida por precaução os géneros que leria, nunca teatro, nunca ensaio político, nunca escandaleiras, poucas senhoras, por causa da vida da Florbela Espanca. Começava crítico, impunha-se limites, hoje só levo dois, mas tinha curiosidade, acabava às vezes levando três. Deixava para o dia seguinte o livro sobre o qual hesitara, mas o desejo impunha-se e ele lutava, lutava e depois cedia.

Foi nesta vida dele, tão bem regulada, que a morte veio irromper. Instantânea, abateu-se primeiro sobre a mãe, morta no sono, depois sobre a criada, fulminante, apanhada a migar a couve para o caldo verde. Era como se a morte quisesse ter a patroa acompanhada e bem cuidada nos reinos infernais. A primeira morte súbita provocou em Viriato um aparvalhamento que o transportou pelo velório fora, como um vapor que soprasse do féretro, dissolvendo-se em abatimento para lá do funeral; mas a segunda morte, quiçá pela repetição, já teve um efeito intrigante. Era ininteligível.

Dir-se-ia, pela contiguidade e similaridade das duas mortes, um efeito quase cómico. Apresentaram-se fúnebres o prior e algumas senhoras, com boas intenções todas elas, que o morgado nem registou. Depois dos ritos, a casa voltou ao sossego secular, e Viriato à sua biblioteca. Faltava-lhe era o chão. Deambulava pela casa, com as luzes todas acesas, de quarto em quarto, à procura nem sabia de quê. Depois parava na sala, abria as portas do móvel da televisão de par em par, mas não queria ver nada, nem ouvir. Sentava-se no sofá de orelhas, com a ausência da mãe a seu lado e sentindo a três quartos a respiração asmática da Benta. Era por elas que acendia o Vitorino Nemésio. Começou a fumar, para ter alguma coisa que fazer sem ter de fazer nada. Batiam-lhe as paroquianas à porta com refeições. Ele comia. Se não batiam, cortava pão duro com fatias de presunto. Não se vestia, era só pôr roupão, tirar roupão, e sapatos de quarto todo o dia. Não lia nada e quando lia, era poesia e chorava. Não queria escrever. Faltava-lhe vontade para tudo, não tinha vontade para nada.

O padre, conhecendo-o desde que o salvara do pecado original, tomou a peito o destino do órfão. Metia o pé à porta e aconselhava-o a tirar férias, ir ver o mundo ou, pelo menos, Lisboa. Chegou a receitar algum comércio com mulheres. Ele, mudo, cabisbaixo, de mão no puxador, nem o ouvia, ia assentindo num vazio de cabeça. A confusão durava há dois anos, com os hábitos antigos numa luta desigual a tentarem segurar um navio-fantasma, e sempre em risco de naufrágio, quando a leitura dos livros se foi mesmo assim insinuando e ganhando terreno em novas áreas, de modo a tornar invisível o visível. Vivia numa alucinação de outras paragens, lia sempre, todo o dia, de pé, sentado e deitado, tudo o que existia. Apeteciam-lhe, insólitos, Katmandu, Kalahari, Pequim. Estes nomes brilhavam como pontos de fuga. Quando esgotava o armazém da Lucília, rapava as antediluvianas bibliotecas da vizinhança, a do juiz Pimentel, a do Dr. Maravalhas, a do farmacêutico, mas logo insatisfeito escrevia para Lisboa, encomendava os livros referidos nos livros lidos. Encantava-o a ideia do franco livreiro, da libra livreira. Nem soava a dinheiro, era uma moeda nobre. Recebia a encomenda passados meses e suspendia-se o luto. Mergulhava nas viagens a paragens. Quis recomeçar a escrever. Leu o Virgílio Ferreira, da leitura depreendeu que tinha uma existência até então inquestionada e que sofria talvez de angústia. Sentiu-se convocado. Não seria romance histórico, nem contaria amores e misérias do feudalismo local, nem enredos tirados do Walter Scott. Agora era ele, dele e sobre ele. Trémulo de emoção, vestiu-se e sentou-se. Desenroscou a tampa da caneta. Encheu a caneta. Punho na página. Não saía nada. Abriu gavetas e tirou manuscritos. Releu-se com os olhos de quem tinha lido entretanto muito mais. Guardou os manuscritos e, dando-os por defuntos, fechou as gavetas.

Na prisão houve alturas em que se arrependeu de as ter fechado. Se tivesse persistido e chegado a Lisboa com obra que se visse, seguro de pelo menos um livro, e autor dele, o caminho teria sido porventura outro. Mas chegou virgem como uma esponja, empurrado pelo padre que o encorajara a estudar mais. Um pouco embaraçado pela idade obsoleta inscreveu-se primeiro em Direito, depois em História, e decidiu-se por Românicas. Mudou para Germânicas, teve o capricho de estudar Geografia, fixou-se de novo nas Românicas. Por fim, seguiu Filosofia, onde já chegou atrasado, pelo Natal.

Sair de casa sozinho para o largo mundo demorou o seu tempo. Tinha vinte e seis anos, terras e rendas, um feitor honesto, um advogado solícito. Podia fazer o que quisesse, ter o que quisesse, era só preciso querer. O padre inquiriu para Lisboa sobre casas de acolhimento onde os estudantes estudassem protegidos. Antes, tinham ambos procurado tias, que sempre as houve em locais de interesse, primos de sangue e de afinidade, mas a família tratava da sua reprodução com parcimónia, dando à luz apenas um espécime por geração. Que morria cedo, depois de uma vida em geral parada e arredada dos centros. O padre não falou, não teimou, nem tentou convencê-lo. Uma vez encontrada a casa, tratou a partida para Lisboa como facto consumado. Viriato deixou-o prosseguir porque sabia que a acção dependeria de si e julgava poder ir acompanhando, como acompanharia depois a clandestinidade e a revolução, sem compromisso. Por isto mesmo, quando se apanhou de mala aviada a entrar para o comboio, foi como ter subido a um patamar irreal. Ia viver na Graça, num terceiro andar de tectos altos que davam espaço à luz esplêndida de Novembro, tendo por companheiros um jovem sacerdote piedoso e ignorante de sotaque transmontano e um seminarista explosivo. O Silvério, quando se olhava para ele, dava a impressão de estar prestes a rachar-se ao meio. Era tal a força do conflito que nele grassava que o sangue lhe acorria de surpresa à cara, iluminando uma face em fogo, banhando um olho que raiava de vermelho. Viriato observava, siderado, a actividade do vulcão. Tudo sofria ao derredor do Silvério, as unhas comidas até ao sabugo, o coto do lápis escairado, o tubo retorcido e roto da pasta dentífrica; ele cambava tudo, enterrava os caninos no filtro dos cigarros que davam beatas massacradas e exangues; a própria mobília do quarto parecia receosa e reservada quando ele estava. Transpirava, desconfortável dentro da roupa. Desatava o nó da gravata, abria o colarinho da camisa, tirava sapatos e meias. Quando falava, parecia ser mais do que ele a dizer o que dizia. Descia-lhe uma eloquência sanguínea que esmagava o outro. O Silvério tivera tudo: a infância miserável em região granítica, respectivos abusos e maus-tratos, o pai alcoólico, a mãe doente e a irmãzinha entregue às monjas, permanecendo nele, de tudo isso, uma culpa ulcerativa tratada com desprezo. Tivera também a salvação pelo seminário, o abuso no seminário, a fúria da cisão entre o que devia ser o seminário e o que ele de facto era. A fúria floresceu em leituras que vieram a talhe de foice. Na altura em que Viriato chegou para ocupar, por sorte, o melhor quarto da casa, com a vista para o Tejo, o Silvério já há muito tinha perdido a fé católica e avançara sem remorso para os cafés. Fora, aliás, o Silvério, depois de uma noite a correr as tabernas a ginjinha, bagaços e amêndoa amarga, que desaconselhara a Viriato as Românicas e dera a alternativa da Filosofia. As Românicas eram para as fêmeas, iam para lá pendurar os olhos no Lindley Cintra e no Padre Manuel Antunes, aplicadinhas, a estudar para as frequências. Ia-se a Românicas ver as pequenas, mas o curso não era frequentável. Aquilo ia tudo para os liceus ensinar a recortar as orações dos *Lusíadas* às meninas burguesas. Era lavores femininos, coitado do Camões. Mas merecia, que era para não ser nacionalista. No entanto, quando deu com o Viriato, de pasta de couro em punho, gabardina e chapéu de chuva, disposto a ir ouvir as aulas de Filosofia, Silvério abanou a cabeça, também não se devia ir. Filosofia era agir na cidade, agitar as consciências, os filósofos sempre interpretaram o mundo, agora era preciso transformá-lo. Abandonando a fé o Silvério não se desfizera de Cristo, e subir com ele do Rossio à *Ribadouro* era experiência quase redentora. Não havia mendigo que o não saudasse pelo nome e lhe pedisse esmola no primeiro abraço. Erguiam-se, miraculados, os estropiados de todos os membros. *Oh Silvério! Oh pá!* E o Silvério: *Viriato, dá aí vinte e cinco tostões ao Manel Alfredo.* Viriato tentava negociar a esmola, mas o benemérito não desarmava, era vinte e cinco tostões, com menos o homem não se governava. Viriato via-se obrigado à caridade por interposta pessoa e não sabia se gostava. Fazer parte do Silvério era como estar ligado a uma corrente galvânica e Viriato ia subindo na corrente. Lojistas e empregados de mesa, floristas, balconistas vinham à porta saber como é que ele estava. O Silvério estava muito bem, muito bem, e elas? Dava-lhes o tu e o nome próprio, com apertos de mão sólidos como algemas. Trazia uma cauda de amigos que lutavam pelo privilégio de fazer com ele dois passos e ficavam anelantes no passeio a vê-lo ir, consolados, nostálgicos. Subir com o Silvério era como acompanhar Nosso Senhor na Galileia.

Na *Ribadouro* estava o Palha d'Aço a acabar de espancar uma santola e ofereceu as bicas. Qualquer coisa mudou no

Silvério, que pareceu de repente entrar em tom menor até se calar completamente. O amigo falava em código e Viriato percebeu que se preparava qualquer coisa. Havia muitas referências a jornais, o Palha d'Aço mexia no jornal, abria o jornal, fechava o jornal, dobrava-o ao meio, depois em quatro, e o Silvério seguia atentamente a sinalética, contido, sério, olhando o jornal e o homem como se tentasse adivinhar algum passe de mágica. Viriato teve a intuição de que se teria entrado noutra zona do ser, um terraço ontológico superior, esse que estava apostado em transformar a realidade. O que seria feito num sítio chamado *Valquíria d'Ouro*, em Ribeirelho sobre o Tejo, o Alberto já chegara com a família e o jantar era sarrabulho. Os talheres estavam contados, eram quinze, e que fossem cedo. Depois de olhar para Viriato e inquirir ao Silvério se o intrometido seria de confiança, o homem dobrou outra vez o jornal, entalou-o debaixo do braço e foi-se. Da *Ribadouro* subiram ao *Monte Carlo* no passo revolucionário do Silvério, que o amigo acompanhava sem protestos. Admirava nele a capacidade de subir um plano inclinado sem nunca se calar. Dava-lhe, talvez por se estabelecer uma forma particular de circulação, para o detalhe e o pensamento lateral. Ascensional, o Silvério tinha mais tendência para examinar em monólogo os temas em presença do ponto de vista histórico, não se inibindo de recuar três séculos ou mais para escavar as raízes do problema e trazê-las à luz do dia. Viriato pelava-se por essa escavação, trazia-lhe o cheiro secular da sua biblioteca, e a exposição de Silvério era tão clara, tão plena, de uma dialéctica tão pura, que entrava pelos olhos dentro, tinha a evidência de uma aparição, dominava o espírito, não deixava lugar à dúvida. E Viriato, embora desconfiando de tanta evidência, não tinha alternativa senão render-se. Nos diálogos, por outro lado, Silvério era um conversador que demorava a interessar-se, olhando em volta inquieto à procura dos pides ou interrompendo quem falava para chamar o empregado. Mas quando engrenava, ia abrindo à bruta perspectivas até se encontrar, em poucos passos, no domínio dos arquétipos. Aí é que ele respirava bem. Nas tertúlias, palestras e debates ouvia os oradores com crescente impaciência, remexendo-se na cadeira, coçando-se e desatando-se, depois intervinha rouco e pausado a partir de baixo, como quem mete uma cunha na conversa. Conquistava o seu espaço, era o mesmo que ir afastando os cotovelos. E depois, com o espéculo das ideias revoltosas, deixava nascer o menino. Nos tampos das mesas, no meio dos pires e dos cinzeiros imundos, das chávenas de beiças lascadas sujas de café, dos livros de bolso que todos transportavam como ícones para todo o lado, jazia a ideia nova, nas suas palhinhas, festejada como um Messias. Viriato, à pendura, confraternizava com os nomes que vira impressos nos jornais. Conhecia agora as caras dos autores lidos em casa, na vida extinta. Silvério tratava-os quase de cima, o que eles recebiam em geral com bonomia e companheirismo. Chamavam-lhe colega, sem ironia, o que havia de querer referir alguma veia criadora que Viriato ainda desconhecia. No *Monte Carlo* o Silvério ia parando pelas mesas, os sentados interrompiam-se e saudavam-no, da respectiva nuvem de fumo. Se o convidavam para ficar, ficava, e Viriato era apresentado como «o meu amigo de Filosofia». Viriato fazia o que podia muito bem passar por um ar de filósofo e sentava-se a ouvir. Depois desciam à Tomás Ribeiro a casa do Urbano, onde uma sala cheia de estudantes e aspirantes acabava a tarde no seu brando acolhimento. O Urbano era a excepção humanitária do Silvério, o único *comuna* que ele tolerava, embora o seu diálogo não fosse além das três deixas sem fazer estalar o verniz do ex-seminarista.

Assim passou Dezembro, quase sem se dar por ele, e um dia no princípio de Janeiro o Silvério disse-lhe: *Hoje vamos aí a um sítio*. Tinha começado o ano inquieto, e o Silvério inquieto tinha uns olhos que davam que pensar. Embirrava com tudo o que se lhe propunha, tudo era burguês, ou traição, ou revisionismo reformista, e falava muito da necessidade de se escolher o inimigo. A veemência dos seus ódios fazia supor alguma insegurança nas certezas. Agarrava-se ao morgado, a quem elegera por discípulo, como se da formação do candidato tirasse mais sólido fundamento para a sua. Os passeios, os cafés, as tabernas e as noites confidentes tinham-nos aproximado. As angústias do Silvério – a injustiça social, o sofrimento dos pobres, a incúria arrogante dos ricos, a ignorância de todos, a repressão das liberdades, a corrupção da Igreja que devia dar o exemplo, o estertor da ditadura que morrendo redobrava a repressão –, todas passaram a ser também as angústias de Viriato. Num auge de intimidade, Silvério confidenciou ser poeta, entregando a Viriato, como um coração em carne viva, um caderno escolar cheio de versos. Comovido, o amigo leu, com perplexidade crescente, quadras singelas de rimas antigas, dignas de manjericos, retratos chãos do povo trabalhador. O Silvério teórico feroz, dirigindo todas as leituras para uma transformação cortante da realidade, era um poeta mortiço, indiferente, de uma candura sem alegria e sem alento. Fazia pagelas, santos cromos na página lisa. Quando o Silvério, passado tempo, lhe pediu de novo o caderninho para o esconder, Viriato sentiu-se na obrigação de dizer que tinha gostado muito dos versos, eram muito bonitos, pareciam Afonso Lopes Vieira. Silvério teve um tremor de humilhação, como se tivesse levado uma chapada; baixou os olhos, tirou-lhe o caderno das mãos, sorriu contrafeito e não falou mais nisso. Mas Viriato conheceu-lhe a zona sensível, a coisa pela qual ele ansiava, enquistada dentro dele como uma pérola sem destino preciso, para além desse, o de manter-se oculta.

O *sítio* era tenebroso. Ficava para lá da última paragem do autocarro, caminharam no vento gelado por descampados e zonas de fábricas abandonadas. A viagem fora aparentada aos labirintos. O próprio Viriato, se quisesse dizer onde se tinham reunido, não saberia. Apanharam umas três carreiras diferentes, o Silvério olhando por cima do ombro à procura dos pides. Só no último autocarro, vazio àquela hora, é que ele descansou. Mas como não acreditava em pagar os bilhetes, mantinha-se à coca dos revisores e enxotava o amigo para fora à aproximação da autoridade. Nisto demoraram duas horas. A reunião ia acolher as narrativas dos camaradas recém-chegados de Paris. Esses dois, Carlos e Meireles, traziam-nas de dois camaradas franceses regressados da China, onde tinham estado a observar a Revolução Cultural que levava já uns anos de êxitos rotundos. O Silvério estava muito curioso de saber os últimos desenvolvimentos na

China, agora único farol da Humanidade, depois do fracasso de Maio de 68. Chegavam aos pares ou solitários os rapazes e as duas raparigas. Um casal abraçado era mal aceite. Todos seguiram as instruções de segurança, o que implicava estranharem a presença de Viriato. Silvério, com um gesto, tirava-lhes as dúvidas. Apresentou-o aos companheiros como Barbosa. Viriato também estranhou, gostaria de ter tido um nome menos prosaico, mas agora já estava e seria o Barbosa para sempre, o Barbosa na clandestinidade, na prisão, nos interrogatórios, na tortura, na honra e na desonra seria o *dito* Barbosa. Entraram sem delonga na ordem de trabalhos com os relatos dos camaradas recém-chegados de Paris. Meireles frequentara Direito e optara pela carreira de operário metalúrgico e o Carlos havia de subir no partido embora se tratasse de um mero intelectual. Começou Meireles por descrever o empolgamento dos camaradas franceses face aos estaleiros gigantescos, aos campos fervilhantes, às fábricas, onde o colectivo trabalhava com entusiasmo dia e noite; Carlos sublinhou a ideia da efervescência insone do povo chinês, incansável a seguir, executar e aplaudir, e a extensão e aprofundamento da revolução liderada por operários e camponeses. O mesmo falou das cantinas colectivas em todas as aldeias, e *da revolução cultural!, da guarda vermelha!*, expressões que davam nitidamente a ver o que se passava na China. «O colectivo», disse o advogado-operário Meireles, «ali o que conta é o colectivo.» Viriato sentiu de novo a sua falta de experiência, não sabia o que era o colectivo, e quando mencionavam o proletariado, ele tinha de admitir que nem nunca vira um operário, fora o Marcelino, um velho de fato-de-macaco azul-ferrete que arranjava tudo em casa da mãe, entupimentos dos canos ou caprichos do automóvel. Mas o Marcelino não trabalhava numa fábrica e até se revoltava se a mãe lhe queria pagar. Esta falha não era, como percebeu, só dele. Os camaradas, mencionando o proletariado, eram levados a lamentar a sua escassez no partido, e encorajavam-se reciprocamente nos esforços de recrutamento. Dois dentre eles declararam logo ali a intenção de largarem os estudos e de se juntarem às fileiras do operariado. E faltava arregimentar mais povo camponês, era essa a ideia do Grande Timoneiro. Que fazer? Onde encontrá-lo? A organização era o mote, a palavra de ordem. Se não organizavam em categorias o povo trabalhador, em profissões, em secções, em células, ele apinhava-se, desorientado, não se conseguia nada dele. Ou atirava-se num assomo de desespero para as bocas das espingardas, heróico e vão. Cabia aos revolucionários a organização espontânea das massas e a luta sem quartel contra os inimigos do povo. Estes da reunião em Marvila eram os verdadeiros revolucionários, filiados nos verdadeiros, que estavam a fazer a revolução sempre, seguindo o exemplo do povo chinês. Eram a vanguarda da transformação da realidade e já iam longe. Nunca se viu punhado de gente mais enérgica, aguerrida, conflituosa e carregada de animosidade contra todos, sobretudo os seus próprios correligionários. Quem abria a boca devia estar pronto para a autocrítica. O Abreu é que viu bem a coisa e não começava uma tirada sem dizer à cautela: «Os camaradas se calhar vão achar isto um bocado *revisa*...», mas com jeitinho lá ia adicionando da cabeça dele. O Silvério não suportava a tibieza do Abreu.

Atirava-se a ele com perguntas ácidas, desembestava. Mas o Abreu era trabalhador-estudante e atendia senhoras todo o dia ao balcão do *Sousa* no Chiado. Tinha uma paciência de santo. *É tudo, senhora dona Agustina? Ó Abreu, dê-me ali as sedas italianas para eu ver.* E ele a desenrolar as sedas, a fazer apalpar a qualidade.

O advogado-operário Meireles, para não despencar muito a ordem de trabalhos, e pois que era da China que se tratava no momento, acrescentou que queria relatar um episódio a que Lagardère, o camarada francês, assistira em pessoa. Os da reunião não sabiam se queriam ouvir histórias. Bastava-lhes a ideia geral, a palavra de ordem, a matéria de mural. Sobretudo o Silvério, que queria pôr à discussão a questão das armas e a compra urgente da policopiadora. Mas a voz do operário prevaleceu, ele achava útil o episódio, era pedagógico. «Eis então como a coisa se passou», disse Meireles. Para começar, o controleiro chinês levara os dois camaradas franceses a uma loja e dera-lhes roupa de Verão. O tempo estava muito quente e húmido e eles tinham ido de Paris. Saíram da loja fantasiados de camponeses, felizes da vida. Depois encorajara-os a escolher alguma recordação autorizada que pudessem levar da China. Tudo isto fizeram com conta, peso e medida, deitando olhares ao controleiro que ia indicando com um gesto de cabeça o que era e não era permitido. Saíam das recordações quando começaram a ouvir uma música. Era o final da tarde, os camponeses amontoavam-se na praceta da aldeia, naquela placidez que já não se distingue da apatia de um extremo cansaço imortal. Quando os dois turistas se aproximaram, viram ao fundo da praceta um rapazinho a tocar num imenso piano de cauda, posto sobre um estrado de madeira ao rés do chão. Era uma sonata de Mozart. «Não era Mozart», contrapôs Carlos, o intelectual, tirando os óculos redondos para os bafejar e puxar o lustro, «o menino estava a tocar a *Patética*, a sonata n.º 8 em dó menor, o *rondó* parece Mozart...», «... o camarada Lagardère disse Mozart», teimou Meireles, o operário-metalúrgico. «Parece a K. 457 de Mozart», contrapôs Carlos, «o camarada Lagardère fez confusão, depois até nos cantou o rondó para tirar as dúvidas...» Pôs os óculos e trauteou um pouco do rondó da *Patética*. «Se houvesse aqui um piano...» Não havia, estavam em Marvila, num antigo armazém de frutos secos, para os lados da Fábrica da Pólvora. «E as armas?», perguntou o Silvério. Era mais à frente na ordem de trabalhos. E o Silvério podia esperar? A disciplina revolucionária era nele letra morta. «O camarada Lagardère disse que os chineses já disseram que dão, mas nós é que temos de tratar do transporte.» «Ora abóbora», disse o Silvério, «como é que organizamos isso com a Pide à perna?» «Há muito que Beethoven foi buscar a Mozart... e a Bach», continuou o Carlos. A discussão, disse o operário, não era essa. Isso era uma falsa questão, avançou um camarada local, que respondia pela alcunha de Reinaldo, especializado em topar falsas questões. «A questão é se a Revolução Cultural se compadece com a música de Mozart! Ou Beethoven! Afinal, toda essa gente foi patrocinada pelos nobres e a burguesia endinheirada, inimiga do povo, e eram lacaios deles, faziam ao gosto deles.» De quem quer que fosse, Mozart, Beethoven ou Bach, o certo é que a meio da sonata tocada pelo menino-prodígio da aldeia chinesa dos confins da Ásia, entrou na praceta às cotoveladas e aos empurrões uma brigada de guardas vermelhos num entusiasmo celeste, abrindo no povo um atalho para o estrado. A brigada vinha acolitada por um bando de aldeões. Quem estivesse à espera de algum espectáculo de canto coral revolucionário havia de sair desiludido. Os guardas vermelhos aproximaram-se do menino que continuava a tocar ensimesmado, e sem mais rodeios ergueram as machadinhas e desfizeram o piano. Durou pouco mais a sonata, desafinada e coberta pelos gritos e pelos uivos dos que brandiam o *Livrinho Vermelho*. Acordado do sonho harmónico, o menino-prodígio levou uns tabefes e uns safanões e foi mandado para a reeducação a chorar de remorsos. «Que idade teria ele?», perguntou o melómano, o intelectual, o Carlos. O camarada não tinha dito, mas os meninos-prodígio por definição têm de ser crianças pequenas. Os próprios guardas vermelhos não teriam mais de treze ou catorze anos, é difícil dizer, porque os chineses são pequeninos, mas «eram miúdos, eram miúdos», disse o Meireles, exaltado, «são os miúdos que fazem a Revolução Cultural! Destroem a canga toda, esta canga burguesa tem de ser desfeita à catanada». Por isso teimara em contar a história! «Para começar do zero, com o povo!», disse o Silvério. Era a conclusão inevitável. «O miúdo teve o castigo merecido», disse Reinaldo. «Sim, é verdade», disse o melómano, o intelectual, o Carlos, que já votava vencido, «só se pode ouvir de Chostakovitch em diante!» E logo, apanhando-se em falso: «Mas não, nem isso, Prokofiev e Chostakovitch são revisionistas.» Estaria talvez a ser irónico, mas o humor era mais mal visto nessa congregação que o revisionismo reformista propriamente dito. Calaram-se, um deles exprimiu enfim a comoção de todos comunicando o seu orgulho em pertencer a um movimento de vanguarda mundial liderado pelo pensamento do Presidente Mao, o educador, o criador, o intérprete. «Detesto meninos-prodígio», disse o Silvério. «Parecem macaquinhos amestrados», rematou o operário Meireles. Depois abriu a camisa, mostrando, colado ao peito, o pano de seda que lhe dera o camarada Lagardère, trazido com carinho da loja das recordações. Nele se viam as caras dos grandes líderes chineses pintadas à mão. Um dos olhos do Chu En-Lai tinha debotado na primeira e única lavagem e os outros heróis cheiravam a suor. Das costelas, Meireles tirou ainda o *Livrinho Vermelho* em chinês, outro *souvenir*, que foi passado de mão em mão e acariciado pelos devotos. Silvério já lera a tradução portuguesa, e recitou uma citação, sem poder saber a que corresponderia no original. «Constitui tarefa muito árdua assegurar uma vida melhor às várias centenas de milhões de chineses e fazer do nosso país, económica e culturalmente atrasado, um país próspero, poderoso e com alto nível cultural.» Todos entendiam e assentiam, China e Portugal como irmãos, a mesma luta, a mesma ousadia. E Meireles, com um olhar significativo para as bandas do melómano, comentou: «Na etapa actual da construção do socialismo, todas as classes, camadas e grupos sociais que aprovam, apoiam e trabalham pela causa socialista entram na categoria de povo, enquanto todas as outras classes, grupos sociais que resistem à revolução socialista, e hostilizam ou sabotam a edificação socialista são inimigos do povo.» E em uníssono, todos:

«Abaixo os inimigos do povo!» Viriato, olhando aquelas garatujas, sentiu reconfirmar-se nele o apego ao livro e à letra de forma, a comunhão que todos ali sentiam baseada na confiança na autoridade do livro, repositório sagrado de tudo o que possa ocorrer ao humano espírito. Reconsiderou-se, por um átimo, escritor. Na situação desengajada em que se encontrava na assembleia de Marvila, agradava-lhe sobretudo a energia da poética. Não era Conde de Monsaraz, nem nada que se parecesse. Nem Álvaro de Campos, o mais fogoso que se conhecia então em português. Quando discutiam, voavam entre eles hipérboles como fragmentos de granadas, as flores eram sempre violentas, aos milhares, a derrota era em toda a linha, o triunfo era definitivo, e tudo eram camarilhas de traidores e fogo sobre os renegados, frases de urgência e tumefacção, do combate sem tréguas, de sangue e arena. Mas que o Presidente Mao fosse poeta soberbo, isso era incontroverso. A expressão «tigres de papel» destilava o seu deleite em Viriato. Os imperialismos e os reaccionários eram tigres de papel. O povo representava o verdadeiro poder. Não havia que ter medo. Mas na segunda noite da tortura do sono, vendo voar pela sala tigres em espetos, no meio de labaredas, e longos dragões chineses de Ano Novo, tudo o que até então vivera entrava no mesmo cadastro delirante. Não sabia onde estava, nem com quem. Assustou-se quando reparou na sua velha criada Benta sentada a um canto da sala do interrogatório, com ar de quem já vira melhores dias, a fazer umas momices com a cara, expressões que ele não conseguia interpretar. E a seu lado, fardado de povo chinês, o menino-prodígio, agachado contra a parede, tamborilando sobre as coxas num piano imaginário.

A seguir na ordem de trabalhos da reunião estava outra vez o debate sobre a escolha do inimigo, que foi reconfirmado como o Partido Comunista Português. Passando pacífico esse ponto, avançou-se para o debate sobre o porte na cadeia. Com humildade revolucionária, nem a mais, nem a menos. *Se fores preso, camarada*, o texto de Álvaro Cunhal, exigia o silêncio absoluto. Ao alvoroçado Silvério, sabia-lhe a pouco. Qual silêncio nem meio silêncio! Advogava a provocação, o insulto na cara; Reinaldo achou falsa a questão, o seu espírito de iluminista julgava poder recrutar para o seu campo o inimigo. Armado dos argumentos do materialismo dialéctico havia de o fazer tombar, vergado à luz da Razão Universal. Viriato sentia pairar nesse húmido armazém e no momento colectivo de sanguíneo compromisso de honra, o terror da clausura e da tortura que eles desafiavam. «Pergunto-me que piano seria», disse o Carlos, rigoroso, persistente nos afectos, virtudes de ouro, «seria um Bechstein? Devia ser. É pena, são pianos de grande qualidade, têm um som cristalino, muito característico», e foi apodado de traidor, provocador e *revisa*, ainda conseguiu responder que tinha apenas curiosidade em saber, afinal a curiosidade é o motor do conhecimento, mas não se livrou de levar um sermão sobre a Grande Revolução Cultural Proletária: os soviéticos não tinham destruído o suficiente, por isso é que eram *revisas* e estavam a dar cabo do leninismo. O Silvério perguntou, agudo: «E porque é que te interessa a qualidade do piano e não vês que o importante é o machado que o destrói?» O operário metalúrgico enalteceu o aço chinês, feito em cadinhos, nas comunas e colectividades, a partir de tachos, panelas e quadros de bicicletas derretidos. Viriato é que não se sentia capaz de destruir coisa nenhuma, não serviria nem para soviético. Era mais de abandonar causas e ir experimentar outras. A tecnologia chinesa era de ponta, dizia o operário, afinal os chineses já tinham as duas bombas, a atómica e a de hidrogénio e um satélite. «É o programa Duas Bombas e Um Satélite», disse o Silvério, «sem armas poderosas não se vai lá.» E citou: «A revolução não é um banquete de gala!» O operário metalúrgico ergueu-se, desta vez para se queixar: «É que ainda por cima os gajos da Pide estão convencidos de que somos nós que andamos a pôr bombas!» «Quem nos dera ter os meios que eles têm!», disse o Silvério. Não lhe escapava a ironia de poderem ser presos, espancados e torturados pelos actos dos militantes comunistas da ARA. Assomou-lhe, no entanto, o optimismo e anunciou que o vento de leste havia de continuar a prevalecer sobre o vento do oeste, e posto que o povo chinês quisesse a paz, a verdade é que se o pior acontecesse, como dissera o Presidente Mao em finais de cinquenta, e «metade da humanidade morresse, a outra metade havia de permanecer, enquanto o imperialismo seria completamente destruído e o mundo inteiro seria socialista; e dentro de uns anos haveria de novo 2700 milhões de pessoas e até mais». Um silêncio, o Carlos comentou em conclusão para os camaradas: «Isto é como diz o Godard, há que confrontar as ideias vagas com imagens claras.» Recebida a palavra com assentimento, pela sua evidência, embora o Godard fosse de aplicação dúbia para operários e camponeses, os rapazes e as duas raparigas, como se estivessem combinados e a mando de uma voz interior colectiva, levantaram-se e saíram por partes.

Iniciado o sinuoso caminho de volta à Graça, na luz frouxa do autocarro vazio, Viriato perguntou ao amigo: «Estava aqui a pensar o que será para vós uma *imagem clara*? É o menino a tocar piano? São os outros miúdos a destruir o piano à machadada?» «É a bomba atómica dos chineses», disse o Silvério. «E metade da Humanidade», perguntou Viriato, ousando lutar, «para ti, é uma *ideia vaga* ou uma *imagem clara*?» «Se tiver de ser metade da Humanidade o preço a pagar.» Fechou os olhos, desinteressado, anunciou que ia sair na próxima paragem e ele que seguisse para casa. Foi a primeira cisão entre eles, e também a última vez que o viu.

Desaparecido o Silvério, Viriato refaz as caminhadas habituais à procura dele, pergunta aos lojistas e aos mendigos cegos do Rossio, e são esses mesmos que lhe dizem que ele foi preso, embora oiça também dizer que fugiu a salto para Paris. Uma empertigada balconista aventou que teria viajado, quiçá para a Suécia. Havia até ciúme nessa alegação, estava bem estabelecida a reputação das mulheres suecas. Viriato inicia então, desasado, a vida estudantil, mas tem vergonha em apresentar-se sozinho nas mesas dos cafés. Ouve as aulas, falta às frequências, participa nas reuniões da Associação, almoça na cantina, mas pouco dura. Está ainda a ajustar-se aos horários diurnos quando é preso. Regressando da reunião na Associação de Estudantes ao princípio da tarde, encontra três pides em casa, sentados à mesa da cozinha, bebendo café de cevada das tigelas com o sacerdote aterrado. Que o indica, tal Judas Iscariotes, amarfanhando o saiote da labita, elevando para ele o dedo trémulo e inútil. Viriato paralisa enquanto os pides vasculham o quarto e os haveres à procura de provas incriminatórias. Vão catando livros, o *Anti-Dühring*, o *18 de Brumário*, a autobiografia do Trotsky, a *Pacem in Terris* do João XXIII, esta provocando hesitação e logo devolvida à estante. Debaixo do colchão havia apenas um par de calças engomadas, com o vinco das ocasiões especiais. Viriato seguia as manobras, violado. Era medo, em primeiro lugar, pelo qual nem se sentiu responsável, pânico do castigo, como um cão que sabe o que aí vem. Propriamente sua, idiossincrática, era a incredulidade pelo acontecimento, um aturdimento, como se a realidade, enfim transformada, tivesse tomado o freio nos dentes e seguido numa direcção incompreensível. E, no entanto, não havia nada de ininteligível no que se passava diante dos seus olhos. O padre, à porta do quarto, semi-obstruído pela ombreira, de breviário em punho, pedia odiosamente perdão, numa vozinha de bufo.

Em Caxias, no isolamento, falando com as paredes da cela, considerou escrever umas memórias do cárcere, género reconhecido. Mas a ideia desfez-se, para dar lugar a outras, muitas, que se atropelavam, sobretudo à noite. Cantava baixinho, mas bem presente, até acordar o guarda que lhe dizia, *ó senhor doutor, deixe lá dormir os outros, há quem trabalhe*. Nas duas semanas de isolamento teve como único entretém as bolhas de linfa que se iam espalhando sobre a pele das mãos e entre os dedos. Cronometrava a resistência à comichão, às vezes chegava a contar até duzentos. Depois coçava com alívio e a consciência do que ele lhe havia de custar. Recomeçava a comichão e no final do ciclo as bolhas rebentavam ou secavam e a pele caía das palmas das mãos. A memória não lhe dava matéria-prima. Os seus velhos livros não lhe traziam nenhum consolo. Lembrava-se da mãe e da Benta, das noitadas com Silvério, de um ou outro vulto, mas a clausura e a solidão pareciam ter secado os ecos da vida extramuros e, dentro, nada de novo. Tudo se resumia às bolhas e ao seu processo.

O pide do interrogatório era um bronco. Mas castiço, popular, conversador. Parecia ter genuíno interesse e admiração pela vida e obra de Viriato, com quem caturrou brandamente um par de horas. Viriato dividiu-se entre o que ouvira nas reuniões sobre a honra e o porte na polícia, o que sabia sobre os métodos do interrogatório, e o que agora se lhe apresentava ao diálogo. Percebeu no pide uma diferença acentuada de classe, o que lhe fez medo, agora consciente da capacidade vingativa dos desfavorecidos. Não peças a quem pediu, nem sirvas a quem serviu, dizia a mãe. Não contava com a sedução. Primeiro Viriato resistiu, mas desde que o pide lhe disse que eram conterrâneos, conhecidos de conhecidos, quase primos, e lhe falou lírico da aldeia comum, do pai de Viriato, um grande homem, um grande clínico, de quem todos sentiam a falta, o preso foi na conversa. Falou de si, da viuvez da mãe, dos manuscritos na gaveta, da sua solidão. Trocaram impressões sobre livros favoritos, o pide não os lera mas ouvira falar a quem os lera, e debateram até o melhor locutor da televisão. Preferiam ambos, de longe, o Dr. Gomes Ferreira. Porque também é médico, como foi o seu pai, disse o pide. Viriato cedeu, era como se já o tivessem libertado. Pouco depois, o pide lamentava que ele tivesse caído em tão más companhias, povoando-lhe a cabeça de ideias nefastas. Sabia que Viriato não era um deles, mas quem eram esses criminosos? Não precisava dizer nomes, o pide conhecia-os, era só confirmar. Viriato olhou o homem sem compreender. *Eras amigo do Silvério? Sabes que ele ainda é padre, o Padre Alves, foi ele que te denunciou como parte da pandilha.* A sala mudou, como se tivessem no instante fechado uma porta fechada. Começava um novo capítulo. O pide atirou-lhe um murro direito à boca, chegou-se todo a ele, gritou insultos, afastando-se repetiu as perguntas sobre o Silvério, e uma nova: *Onde é que se tinham reunido? Em Marvila, onde?* E aproximava-se outra vez, para continuar o ataque. Viriato não conhece Marvila e di-lo, honestamente. Por mais que queira, não faz ideia onde seja. Era para lá da cidade conhecida. Julgou ver passar nos olhos do inimigo um lampejo de cansaço pela futilidade do processo. Mas foi breve, porque havia prazer na função. Surpreendido consigo, o preso percebeu que não o tomava nem o pânico, nem o desespero. Era como viver um momento já vivido. Havia que contrair a musculatura, preparar-se para o embate. De resto, quem é afinal aquele monturo, aquele porco, aquele selvagem que não o deixa pensar? Que o força à delação ou ao compromisso com as ideias reduzidas e as imagens claras? Apresenta-se a Viriato, pela primeira vez, na sala onde o deixam toda a noite de pé, insultado e regularmente agredido para se manter alerta, a situação em que se encontra: está preso por convicções que ele não tem, por palavras de ordem que soam a versos de uma quadra *kitsch*; sofrerá o que for preciso para defender os amigos que não são dele e que ele nem conhece.

    No fim da provação, passa de novo à cela e começa a recuperar. As feridas vão cicatrizando. Os próximos passos vêm libertá-lo. O regime cedia à evidência, ele não era ninguém e não sabia nada. Fora seduzido, era meio atoleimado, um poetastro. É só mais tarde, no seu quarto da Graça, que o assalta o horror do que viveu e do que lhe podia ter acontecido. Num primeiro ímpeto faz o saco de viagem para voltar à casa nativa, mas está deserta, ninguém o espera. Continua por isso fechado no quarto, evitando o padre que o persegue para lhe pedir perdão, saindo só noite alta para roubar comida do frigorífico. Que não come, apenas observa e vê murchar, sem se decidir a levar o pão à boca, a beber o leite que lhe dá náuseas. É o padre que chama a ambulância quando o encontra certa manhã caído no chão da cozinha, depois de tentar em vão acordá-lo com palmadinhas na cara. Viriato torna a si debaixo da solicitude do enfermeiro, reconhece o aparelho familiar de medir a tensão, o estetoscópio encostado ao seu peito, e põe a mão na mão dele como em criança. No hospital encontra o sentimento parecido com o cuidado das mulheres que ele perdera, pelo vão da porta vê passar as batas brancas para cá e para lá no seu afã, e pela bandeira, de noite, vê a luz acesa e sente a companhia das outras camas. O médico vem de manhã e à medida que vão desaparecendo do quarto os outros doentes e o trabalho acalma, senta-se a conversar com Viriato, descobrem leituras e filmes, ideias em comum, uma concordância no que é belo e digno de valor, e uma paridade entre singulares que agrada a ambos. É sem surpresa que, libertado do hospital, Viriato se decide pela Medicina. Mas a Faculdade foi encerrada pela Pide depois da *bronca do muro*, e Viriato, numa nova arrancada cheia de propósito, estuda Biologia e Físico-Químicas para o exame de admissão. É assim que volta ao *Monte Carlo*. De manhã, numa mesa discreta, depois do galão e da torrada aparada, estuda e prepara os exames; de tarde regista no seu caderno de apontamentos os cumes das conversas que ouve, ou frases curiosas, ou tiradas que pedem para ser escritas. Podem surgir de banalidades sobre as estirpes do café, os humores dos empregados, ou de questões de tradução oriundas dos tradutores do *Monte Branco*; ou comentários sobre as últimas d'*A Mosca*, o processo das Três Marias, ou a prisão do Zeca; ou desabafos amorosos ou sobre o amor, ou protestos contra o fechamento dos horizontes, resmungos, indignações, discussões entre dogmas, afinal matéria da pequena esperança de todos os dias. Assim vai seguindo os altos e baixos dos namoros, das amizades, alinhando as fidelidades, definindo as pertenças a esta ou àquela mesa política ou literária. Mas apenas atenta e redige com rigor o que dizem os poetas sobre o trabalho próprio e o de outros; os queixumes sobre a falta de tempo, sobre escrever pouco, ou não gostar do que se escreveu, de não encontrar, havendo a ideia, o princípio do romance, a palavra do verso, o melhor remate. Notabiliza-se Viriato por ser alvo, uma tarde, no *Monte Carlo*, de mais uma abominação do Pacheco, que se chega a ele e o ameaça, bêbedo de todo, brandindo uma faca. A sala divide-se sem exaltação entre o agressor e a sua vítima. Na altura, Viriato pensou apenas na fisiologia do que poderia ser atingido, e percebeu que estava pronto para a prova de admissão a Medicina.

Passa os exames sem dificuldade, o curso assenta-lhe bem, segue por ali fora sem sobressaltos, termina o Serviço Médico à Periferia nos altos do Minho e desce logo para abrir a casa de família e o consultório. Ao restabelecer-se, embatendo em coisas de outros tempos, amortalhadas e cheirando a museu, tem um momento de dúvida. Sente-se pronto para fugir de novo e recomeçar alhures. Nessa altura aparece uma mulher a quem ele abre a porta. Casa com ela e salta a pés juntos para a correnteza do mundo. Nasce o primeiro filho, nasce o segundo filho, nasce o terceiro filho, uma menina, Leonor, linda como uma flor, e é dela que nasce o primeiro neto. Depois tudo se precipita para o fim, o Dr. Viriato reforma-se, descansa da clínica e pára mais no Café, onde encontra os seus doentes e os filhos deles e outros que por ali estão, e sem dar por isso vai lembrando, completamente esquecido do famoso caderninho das suas notas, os encontros de Lisboa. Com o Cardoso Pires, à mesa do Carlos de Oliveira, com o Abelaira, quem é que estava mais? Ai, que só nos lembramos das coisas quando já não nos lembramos bem delas! Com o Alexandre O'Neill, seria na Brasileira, ou já seria na Cister? O que ele dissera então, e a quem. Que tipo de homem era, a genica que ele tinha, a voz dele, a graça. Com o Herberto, já regressado de Luanda, e o Pacheco, esse aleijão moral, nada pior, dizia Viriato, que um marginal sem grandeza. Com o tempo as histórias e as anedotas foram melhorando, eficientes na interacção com o público, e ele disse, e o outro disse, e disse o O'Neill e de vez em quando

Viriato dizia *O Alexandre*, mas não por se sentir magno, antes para reclamar proximidade e amor à obra. E os mais velhos faziam constar, citando a defunta mãe do médico, que o Dr. Viriato tinha sido um menino-prodígio, de canininho que se mostrara muito afeito às Letras; lia tudo o que havia; escrevia livros; e era amigo dos poetas.

VI
O LENÇO DE SEDA ITALIANA

– Não é tão bonito? – mostrei à volta, às exclamações. – Era da minha mãe. Sempre teve muito gosto para se vestir, tudo o que tinha era bom e bonito, feito para durar uma vida. Seda natural, linho puro, cachemira. O meu pai, sempre que ia a Itália, trazia-lhe um lenço de seda. Estava bem treinado, via pelos olhos dela e ela aceitava, mas sem mostrar um grande entusiasmo para ele não se gabar de ter acertado, de lhe ter agradado... era sensível, o equilíbrio de poder entre eles. Lavava o lenço à mão, com sabão de seda, e não deixava a criada passar a ferro, era ela que passava, interpondo um pano de algodão branco, para não correr o risco de estragar. Depositava-o numa caixa de madeira de sucupira, a sucupira era outro mito familiar, era preciosa, cheirava bem. Na caixa tinha uma colecção de lenços invejável, como uma galeria doméstica. O lenço de seda italiana, dizia-se assim de um fôlego em minha casa e os lenços ficaram para sempre de seda italiana ou não valiam nada. Eu costumava pensar que ela era ingrata, porque muitas vezes resmungava entre dentes que ele lhe trazia sempre a mesma coisa, mas hoje acho que estaria a ganhar tempo para digerir em segredo aquela beleza toda. Nunca a surpreendi a manipular os lenços às escondidas na caixa, ou em qualquer outro comportamento de coleccionador avaro. Mas não os usava, só muito raramente. Acho que lhe ficavam impressos na alma, não precisava de os ver.

– E agora tu...?

– Sim, eu uso-os todos os dias, a toda a hora, em todo o lado. Como as toalhas de linho bordadas à mão, os lençóis de algodão antigo, egípcio, casquinha-de-ovo, as chávenas de porcelana, e todo o restante enxoval que ela teve nas arcas enquanto viveu. Tudo vê a luz do dia, gasta-se, e leva nódoas, e esgarça e racha e parte-se, para maior glória dela, que guardou sem usar. Guardou para mim, que muito estrago e muito aprecio a reserva dela.

Estávamos sim senhora a beber chá e a comer *scones*. Um passeio ao Guincho, um lanche na Guia, queríamos que fosse o exacto calendário semanal pelo tempo que nos restasse, às cinco horas, às quintas-feiras, que estava menos gente. Não éramos antigas colegas de escola, nem amigas de infância, nem tínhamos duradouros passados em comum. Unia-nos não ter ninguém em casa à nossa espera, nem filhos, nem netos, nem um senhor de idade diante da televisão que tinha sido o nosso marido a maior parte da vida; excepto da televisão da Isabelinha que tudo fazia para lhe escapar, mas dizia com um ar malandro, suspirando, se lhe propúnhamos um programa mais liberto: «*Ainda* tenho o Alfredo...» As restantes, mulheres sozinhas: solteiras, divorciadas, viúvas ou a caminho de uma coisa ou de outra. Todas eram bem-vindas e estava quem estava. De Cascais, a Carmo e eu, companheiras das aulas de Pilates; da Parede, a Isabelinha e a vizinha dela, a Clara, uma pequenina amorosa, recentemente viúva, que tinha o riso agudo e a lágrima generosa. A Lurdes tinha de ir buscar os netos ao Colégio e deixá-los em casa do pai, chegava sempre um pouco mais tarde, anunciando pelo telemóvel as distâncias progressivamente mais curtas a que se encontrava de nós. Agora estava a estacionar. A Margarida trazia a irmã, Joana, e vinham de longe, da outra margem, tinham dificuldade em encher os dias e aproveitavam qualquer oportunidade de passeio. O carro era novo, confortável, e elas vinham por ali fora em velocidade de cruzeiro a gozar a marginal, em silêncio, deitando olhares para o mar. Uma guiava para lá, a outra no regresso. Eram duas irmãs com um imenso sentido da justiça, que viviam no esquerdo e direito do mesmo prédio e quando saíam pagavam tudo salomonicamente a meias até ao último cêntimo.

– A nossa mãe, a partir de certa idade, passou a andar sempre vestida da mesma maneira – disse a Margarida. – De azul-escuro, saia e *pullover*, sapatos de pala rasos, de sola de borracha. Parecia uma menina do colégio. Chamava-lhe «o meu uniforme», e dizia que tinha mais que fazer do que andar a escolher fatiotas. Trapos, fatiotas, a roupa de usar era sempre depreciada. Quando a camisola dava sinais da idade, ela ia à mesma loja e comprava uma igual ou muito parecida e deitava fora a camisola velha e, como resultado, andava sempre impecável. Deixou em toda a gente a imagem de uma mulher muito janota, e eu própria lembro-me dela velha e elegante, com o mesmo peso, a mesma figura, a mesma cara, só o cabelo é que ia ficando de um branco cada vez mais cintilante. Quando morreu era uma cabeleira de neve, ofuscava. Há quanto tempo, Joana?

As duas irmãs puseram-se a fazer contas de cabeça, o que é sempre temerário nas nossas idades. Concluíram que não tinha sido assim há tanto tempo, vinte e tal anos, a uma parecia uma vida inteira, à outra parecia ter sido ontem.

– Mas o armário da mãe! – disse a Margarida. – Que festival! Valentino, Dior, Balenciaga, depois Armani, Vivienne Westwood, lembro-me dum Christian Lacroix genial... Gastava tudo... o ordenado... e as terras que vendia... e não eram vestidos de festa, eram coisas que podia usar todos os dias se quisesse... mas não, punha uma vez, e ia para o armário.

– A nossa mãe – disse a Joana – era uma mulher discreta, mas adorava imaginar-se a pessoa daquela roupa; se a vestia, sentia-se mascarada, como se fosse cantar uma ópera ou anunciar um daqueles habilidosos que cortam as mulheres ao meio...

– Isso não sei – disse a irmã –, tu é que imaginas sempre coisas acerca da nossa mãe. Eu só a via sempre de igual todos os dias e depois, ela morre, abre-se um armário no sótão... – e fez um gesto de mãos, um abrir dos olhos, para dar a ideia de ter visto uma aparição.

– Sei o que isso é – disse eu. – Houve uma altura da minha vida em que não conseguia resistir à roupa étnica. Tudo o que fosse cafetã, ou cabaia, ou saia tibetana, ou colete afegão encontrava refúgio no meu armário. Andou por lá durante décadas um sari, que emigrava para o sótão no Inverno e voltava no Verão seguinte, uma vez ainda experimentei vesti-lo, mas aquilo enrodilhava-se-me nas pernas. Herdeiro desse estranho tempo ainda lá reside um quimono antigo de seda, que a Maria me deu, porque eu queria muito e tinha de ter, e que nunca vesti.

– A Maria que viveu em Paris? – perguntou a Isabelinha. – Essa rapariga é uma beleza, e uma *habilleuse* memorável!

– A minha – disse a Clara, inesperadamente agitada – andava mesmo sempre com a mesma roupa, comprava novo e metia na gaveta. Era exasperante. Guardava o novo e usava o velho, depois parecia uma pedinte, dizia que não ia a lado nenhum, mas suspeito que fosse à mercearia de roupão e pantufas, que vergonha...! Quando morreu fomos ver o armário e tinha uma série de camisas de noite de cambraia, deslumbrantes, completamente novas, algumas ainda dentro da embalagem, que pareciam peças de museu, e roupões todos de Verão cada um mais extravagantemente belo do que o anterior. Roupa de sair à rua, não tinha.

– A tua mãe, Clara, estava muito adiante do seu tempo – disse a Carmo com um sorriso. – O pijama é um gosto adquirido. Eu sempre tive horror, como a minha mãe, à roupa de andar por casa, à ideia pantufarda. Ela mudava de roupa quando chegava da rua, mas mudava para melhor; do *tailleur* e gabardina do escritório para saia plissada e conjunto de malha. Nunca a vi em casa de *collants* de lã, ou de calças. Sempre meias de vidro à antiga, com cinto de ligas. Calçava outros sapatos de salto, ainda mais formais, penteava-se e maquilhava-se de fresco para receber o meu pai e sentarem-se a beber o gin tónico. Dizia que era mais importante parecer bem para o homem com quem vivia do que para todos os outros com quem trabalhava ou se cruzava na rua. Recebia-o como se tivesse de manter secreto o emprego e toda a vida profissional dela, aliás muito bem-sucedida. Espero que fosse um jogo entre eles. Ele entrava pontual, ela esperava-o, ajudava-o a despir o sobretudo e o casaco, tirava-lhe a gravata e vestia-lhe o casaco de veludo de andar por casa. Foi assim até ele morrer e ela insistiu em vestir-lho quando foi cremado. Não sei se terá sido uma pequena vingança. Deve ter sonhado toda a vida com um marido que se vestisse para jantar. Tenho ideia de que ela devia odiar o tal casaco, mas achava que ele gostava tanto… E eu, no meu sexagésimo oitavo ano de vida, descobri o prazer de andar em casa com roupa de andar por casa e de jantar de pijama em frente da televisão.

– A nossa mãe – disse a Joana – veio da aldeia estudar para Lisboa aos dezassete anos. Perdeu a ligação à terra e à família de origem, nunca mais lá voltou, fez tudo para perder o sotaque e aquela toada que se vislumbra sempre na fala. Foi uma advogada conhecida em Lisboa, e era uma mulher sofisticada, urbana, culta. Só quando falava na morte própria é que revertia à ruralidade e dizia «quando eu for a enterrar», «quando vocês me enterrarem», «quero ser enterrada neste vestido, ouviram?». E carregava nos dois rr, para enfatizar a firmeza da sua vontade e também, acho eu, o peso da terra.

– Era sempre o último vestido que tinha comprado. Devia ser a maneira de ela dizer, quero ir num traje de arromba. Ela dizia «traje de luces», como o dos toureiros. E depois – continuou a Margarida, começando a elevar a voz –, uns meses antes de morrer, já um pouco tãtã, apareceu-me com um papel escrito à mão – ela que sempre usou o computador! – a dizer que queria ser *cremada* no vestido do Valentino! Cremada!

O tema da cremação já tinha sido abordado noutros lanches. Não era o mais adequado à conversa de mesa, mas não era tabu. Soprava-se o chá na chávena, e cada uma se armava em forte e ia dizendo o que se lhe oferecia. Havia sempre umas que queriam e outras a quem fazia impressão, às vezes alguém se vingava saudando a terra e o pó com que, como estava escrito no Livro, nos havíamos de misturar; mas em regra a conversa morria quando se falava na conveniência dos filhos, no ecológico das cinzas e no civilizado que era a cremação. Assentando na cinza, havia sempre alguém que se desprendia num voo lírico a imaginar formas de dar trabalho aos que ficavam: ou as cinzas haviam de ser atiradas a um mar específico em circunstâncias meteorológicas previamente descritas, ou enterradas no jardim, ou levadas à aldeia nativa e aí submetidas a cânticos e rituais.

– Ela escreveu num papel – disse a Joana – porque sabia que tu não ias aceitar.

– Não se queima a nossa mãe! – sibilou a Margarida. – Onde é que já se viu? A nossa mãe é para ser embalsamada como uma Rainha do Egipto!

A Joana encolheu os ombros, não valia a pena discutir. Houve um silêncio, penso que por dois motivos: primeiro, todas nós tínhamos feito a coisa certa. As nossas mães tinham acabado na pira, acompanhadas dos ritos comuns, da agência multinacional que há, com o padre folclórico a fazer *stand up* interactivo, já incluído no serviço funerário. Algumas teriam tido veleidades de espalhar as cinzas por aqui e por ali, outras, como eu, ainda reflectia, desorientada, sem saber como tratar a urna tão simbolicamente prenha. Mas cremadas, todas. Depois porque o *queimar* da Margarida, que dizia cada vez mais tudo o que lhe passava pela cabeça, assim atirado à queima-roupa, era ossudo e falho de elegância. Há que ter algum pudor nas afirmações, e consideração para com os sentimentos das demais.

– Um Valentino de gala! – disse ela, acabando de engolir o naco da panqueca. Um vestido que era uma peça de alta-costura, uma obra de arte, bordado a lantejoula e fio de prata, com uma cauda, nem era cauda, aquilo era uma *tournure*, o vestido que ela usou uma vez, uma única vez, quando nós éramos pequenas?

– Não tinha de ser o vestido do Valentino, podia ser outro qualquer! – disse a irmã.

– Mas isso seria desobedecer à vontade dela, não é?

Ela e o vestido inextricavelmente ligados na morte. Margarida decidira que o melhor para a mãe essencial era comprar-lhe um jazigo e encaixotá-la vestida no seu uniforme de toda a vida. A Joana protestou quanto quis, sem êxito. Agora iam pelas ocasiões visitar os pais ao cemitério, em seus caixões dispostos como num beliche de camarata, um na prateleira de cima, outro na de baixo. No imediato do jazigo, as querelas esmoreceram, porque o importante era a visita, a mudança da água na jarra, o arranjo mimoso das flores, e uma oração que a Joana rezava em voz branca. A Carmo, atenta, achou curioso que se impusessem regras de contenção à incineração de obras de arte como vestidos assinados, mas não à das pessoas que os vestem.

— Essas coisas — disse eu, que tenho queda para o óbvio — só têm importância enquanto se está vivo a imaginar o que será estar morto.

— E depois é uma coisa um bocado egípcia, querer ir bem vestido para a morte — foi a contribuição etnográfica da Lurdes.

— É o que nós somos, o hábito. Mas é pouco cristão, porque o cristão é pó, o egípcio não — concluía a Carmo.

— Nem sequer se me pôs a questão, se era muito ou pouco egípcio. O Valentino é que não ia para a fogueira. Lembro-me dela, da nossa mãe, tão linda neste vestido, a sair pelo braço do pai todo babado, muito bem penteada, com aqueles grandes olhos verdes a chamejar, para onde é que eles iriam tão bem postos?

— E quando tu — disse a Joana — depois do funeral, foste toda lampeira ao roupeiro da mãe para admirar o vestido, que na altura já devia ter à vontade uns trinta anos de clausura, e o contemplaste, percebeste que estava todo podre, com as costuras a esgarçarem, e cheio de traça. Foi muito bem feita.

— Mandei emoldurar e pôr na casa de Birre. Ainda não viste, mas está. Por cima da mesa de jogo que mandei restaurar. Não adoro, dá um ar esquisito, quase sinistro, mas enfim, pode ser que me habitue.

— Às vezes — disse a Isabelinha — estou a fazer o jantar e penso «tenho de ir falar à minha mãe, há semanas que não sei dela». Enquanto ela viveu era sempre ela que ligava, havia este acordo tácito que era a mãe que ligava a saber se a filha estava bem. Aquela ansiedade pelos filhos que nos fica de quando eles eram pequeninos, é um hábito. Depois percebo que já não posso falar com ela.

– Mas ainda oiço a voz dela, «filha! está tudo bem? como estás? os meninos?» e é tão estranho ninguém me chamar filha agora – disse eu, cheia de saudades.

– A Lurdes ainda é filha da mãe. Ela tem o quê, agora?

– Noventa e seis – disse a Lurdes, inchada, orgulhosa. – Está óptima de cabeça, já não se mexe, mas está óptima de cabeça. Faz todos os dias o seu sudoku, detesta a televisão, mas adora filmes, ainda a semana passada viu pela quinquagésima vez o *E Tudo o Vento Levou*. Agora já não chora, dantes chorava, agora fica muito fixa, a sorrir.

Era uma das sete maravilhas do mundo, a D. Noémia. Sabia-se do esforço da Lurdes para manter a mãe viva, era a sua obra, feita pela sua própria mão. Que não lhe falassem em lares, nem em cuidadores. Alterava-se, revirava os olhos ao céu pelo absurdo da coisa: uma estranha dentro de casa? A tratar da *minha* mãe? A palavra enchia-lhe a boca, e transbordava. E nós, que nos tínhamos socorrido de lares e de cuidadoras e de hospitais, enfermeiras e fisioterapeutas e psiquiatras e osteopatas, e arrepelado em cálculos e estimativas – como é que se ia lidar com a mãe, como é que se ia resolver o *problema* da mãe? – baixámos os olhos, fizemo-nos desentendidas. Lurdes e sua mãe num apartamento luminoso, em amena concórdia, num amor conjuntivo, uma rotina cuja origem fazia parte do mito, como se a filha tivesse nascido da coxa da mãe, sem interferência viril. Aos domingos vinha a descendência prestar a sua homenagem àquele grande amor abrangente, vinham os filhos e os netos, acampavam na sala trazendo presentes, uns autorizados, outros interditos, todos filtrados pelo cuidado da Lurdes. Fazia-se tarde, ninguém gostava de guiar à noite, pediu-se a conta, dividiu-se pelas amigas. Beijámo-nos todas, à antiga portuguesa. Mas para com a Lurdes houve uma devoção especial, um abraço carinhoso e uma despedida comum: não te esqueças, dá beijinhos à tua mãe, está bem? Diz que a Luísa manda beijinhos.

VII
IMPACIÊNCIA

Ele corre e corre cada vez mais depressa em direcção à falésia e ela grita atrás dele, de braço estendido, a mão em garra, quase consegue alcançá-lo, mas ele vai ziguezagueando pelo campo raso, e escapando. A aflição corta-lhe o ar. Vê-o saltar no abismo. Ela olha o espaço em que ele já não está; depois aproxima-se, gelada, trémula, da altura a pique. Conhece bem o mar liso e chão onde ele caiu. Mas antes de espreitar, senta-se na cama sem fôlego, enterra os dedos nas pálpebras, diz alto para si mesma: *Ele está bem, está a dormir, em casa, ainda agora lhe dei beijos pelo telefone. Não aconteceu nada, imaginei.* Tem medo de voltar a pôr a cabeça na almofada, essa almofada selvagem, pululante de ideias pavorosas. Imaginara, como tantas vezes antes de adormecer, que o menino se atirava ingenuamente, numa brincadeira, rindo, de uma falésia mortal. Sabia o seguimento: ficara por ver o desfecho, era preciso voltar à adormecência, aterrada e curiosa. Voltando a fechar os olhos devolve-se àquele patamar do sono – e espreita. Em baixo, o mar sereno, limpo, sem cadáveres. Era como espreitar atrás da cortina à procura de ladrões apenas para confirmar que ninguém estava. Ainda assim, continua a suspeitar. Depois de saber que não tinha acontecido, permaneceu com ela o que podia ter acontecido ou pode vir a acontecer, desde que exista mar, altura sobre o mar, e ar por onde cair desamparado. Logo depois está no alto de um penedo vermelho, fino como uma agulha, olha para o chão de terra batida, e sente-se cair – na queda acorda de sobressalto, um esticão de perna, um sacudir de torso, e tudo recomeça. Tanto que anseia cair no sono, mas entre ele e ela há um campo minado. Nunca sabe de onde virá o terror. Pode não surgir dos medos recenseados: cair do promontório de Sagres levada por uma súbita rabanada de vento; ver alguém cair e ficar à beira do abismo, dilacerada entre a pulsão de socorrer e o terror de se atirar.

Os anos passavam e nada acontecia de definitivo. Por mais que tentasse o destino, nada acontecia. Isso era o grande incentivo do medo, cada vez mais livre para floreados rebuscados, elevadores que se despenhavam por capricho do nono andar, vírus teletransportados causando doenças raríssimas, que deixavam os médicos indiferentes.

O mundo, esse, dormia sossegado. A casa estava tão embrenhada no ermo que nem galos, nem cães. Durante o dia uma ou outra cigarra ralava pela tarde fora, mas os grilos à noite não compareciam. Ela conhecia este silêncio e sabia de antemão o efeito que teria. Podia dizer calmante, mas não era calmante senão por defeito e nas primeiras horas. Depois o silêncio ia trabalhando por aqui e por ali, ao fim de um tempo tornava-se omnipresente, como um ruído de fundo de que não conseguia abstrair-se.

Tinha ido passar uma semana sozinha à casa de férias de uma amiga. Demorou uma hora a dar com a aldeia, muitas vezes visitada e esquecida, outra a desencantar a casa num labirinto de veredas. A chave estava na floreira, como combinado, e ela encontrou o mesmo ambiente rectilíneo e parco que conhecia da outra casa, a urbana, da amiga. Pouco, o essencial, nos seus lugares. Não havia cabimento a excessos numa casa que vivia sozinha nove meses por ano. Registos, havia, de dois assaltos, um que levou a televisão avariada e o beiral de cobre, outro que desmontou as portadas novas ecológicas. E era sem portadas que se vivia então, e ela, a recém-chegada, para mais, à noite, de portas abertas, gozando o sereno. Mas nem portas nem portadas lhe provocavam aflição alguma. Mais natural é imaginar que haja, dentro de algum armário, um pó que exala um gás venenoso. Ou uma malformação do esquentador, segregando silencioso a sua fuga como uma hormona. Ou um animal mitológico, natural daquelas paragens, ainda por estudar; ou sombra íntegra da casa, um truque de porta que a fechasse num cómodo, onde a encontrariam ressequida daí a meses. As mortes que lhe ocorrem vêm de dentro das coisas, fruto do insidioso que não se consegue sequer imaginar, do mais que invisível. E o ar de Junho, as ervas secas, o mato hirsuto, as suculentas cobertas de teias de aranha e de poeira, não têm para ela mais relevo que as figuras da sua imaginação.

Depositou a mochila à entrada, tirou o computador e sentou-se a olhar o emaranhado bosque por onde se entreviam as veredas. Bosque seria forma de dizer, o que mais aparecia para tapar o longe era canavial, bambu, figueira-da--índia, arbustos espinhosos, outras pragas. Teve curiosidade em relação ao nome da paisagem arenosa, seria pinhal um nome próprio geográfico, ou antes coisa de jardineiro? Tinha uma palavra debaixo da língua, que não se soltava. Para a esquecer, procurou nos armários da cozinha uma garrafa e deitou álcool no copo. Depois enrolou um charro. Acontecia isto sempre que chegava sozinha a um sítio pouco familiar: a solidão desejada tornava-se tão presente que não lhe permitia continuar a viver. Só havia aquele sentir-se sozinha, sentar-se a olhar com a única palavra «sozinha» sentada a seu lado, sem ninguém a olhar para ela ou à espera de que ela faça alguma coisa. Esse olhar de expectativas demora a ceder. Tem de se dar tempo ao novo regimento. Entretanto, o silêncio começa a pousar. A respiração afeiçoa-se a ele, há um esticar de pernas, baixar de ombros, querer andar descalço e nu, reverter ao estatuto de coisa esquecida na areia.

Na manhã seguinte, de madrugada, desce à praia selvagem pelo meio do pinhal, ainda estremunhada da insónia a que o sono só conseguia arrancá-la pelos extremos do cansaço, rejeitando-a de golpe, passada hora e meia, do fundo de um pesadelo. Acreditava poder dormir exclusivamente esgotada, pelo menos nos primeiros dias. Estranhava a casa, estranhava a cama, estranhava o ar húmido, o cheiro a mofo, o áspero lençol que não servira durante o Inverno. Apareciam-lhe imagens novas e reparava a meio da noite no que durante o dia não lhe causara estranheza. Contava cansar-se com a violência do mar. Entrava de rompante na água gelada, deixava-se enrolar nas ondas que a puxavam e empurravam nas correntes e acabavam por cuspi-la na areia grossa. Já deitada na toalha, trémula de excitação, olhava em volta a praia deserta, despia o fato-de-banho e ria-se da aventura, com amor pela beleza, ouvindo rugir as ondas a que escapara.

Ao fim da tarde sobe para casa pelas dunas, devagar, avaliando sem perícia os danos da seca, apreciando cada nova floração. Ao terceiro dia de tal rotina cruza-se com alguém que não regista, um homem de calções e panamá, cumprimenta-o com um sorriso ausente, enquanto procura um lugar alto para ver o pôr-do-sol. Senta-se em cima da toalha molhada, as pernas esticadas à frente, e dispõe-se à contemplação. Mas Junho não é grande coisa para pores-do-sol. O disco amarelo desce fluentemente pelo céu abaixo e esconde-se todo liso num fundo liso. Não há nuvens, ameaças, tons, pontos de contraste. De qualquer maneira, ela tem sempre dificuldades na contemplação, a obrigatoriedade de tomar atenção a uma coisa exterior impede-a forçosamente de tomar atenção. É como meditar a pedido. E sendo lento e sem apelo o pôr-do-sol, levanta-se de novo o alerta dentro dela, para tudo o que é sub-reptício, tudo o que a espreita pelas costas e tem vida própria. Por isso desenvolveu esta forma de estar quieta, como se estivesse de facto quieta, a fumar, exercendo alguma distância em relação a si, controlando o descontrolo, como que ligada ao alto de si mesma pelo fio de um papagaio de papel a que dá puxões sempre que ele se afasta demasiado para o interior.

Ao cair da noite precisa de usar a lanterna do telemóvel para encontrar o final do caminho. Chega gelada a casa e vai bebendo álcool para se aquecer, regalando-se nos ataques da tosse que ela tanto estima. Já lhe falaram nos seus putativos excessos, de álcool, de tabaco, drogas coleccionáveis de farmácia, mas acha um exagero. Talvez ela apenas transmita essa imagem do excesso, porque tudo, por mais etéreo e pequeno, causa nela um grande alarido. Há muito tempo, convenceu-se de que não sabe acender a lareira. Por isso enrola-se na manta a tiritar e adormece torcida no sofá. Quando o homem com quem ela se cruzara no pinhal lhe aparece à porta da sala, acena-lhe distraidamente para que entre e soergue-se estremunhada na almofada. Parte do princípio de que se trata de um vizinho, pela familiaridade com que se apropria do espaço. Talvez amigo da amiga que lhe emprestou a casa. Diz-lhe isso mesmo, em pressuposto, na pergunta:

– É amigo da Cecília há muito tempo?

E quando ele responde que sim, ela insiste no inútil questionário:

– Mas vive aqui perto, é? Onde é a sua casa?

– É para ali – acenou para a direita.

– Então era você, quando eu voltava da praia.

– Sim, era eu. – Sentou-se na cadeira de baloiço. Ela notou as unhas sujas de terra e teve vergonha de lhe perguntar a ocupação. Disse que se chamava Verídico. Não tinha uma idade definida. Não tinha a barriga da idade definida, nem a calvície. Não largava o puído boné de pala que lhe deitava uma sombra sobre os olhos. Ofereceu-lhe um copo que ele recusou. Ofereceu-se para lhe acender a lareira e ela aceitou. A verdade é que tinha medo das lareiras que exalam os gases venenosos. Deitou um olho para a porta seguramente aberta, ela encontrava a protecção maior em portas e janelas por onde se pudesse escapar – ou ela, ou o veneno. As lareiras têm regras, nunca se sabe se as regras – tantas delas ocultas – chegam para evitar os acidentes. Ela vai buscar os fósforos à cozinha, ele segue-a sem propósito a não ser o de estar onde ela está, aí olham-se a direito pela primeira vez, ela hesita, preocupada com o tema da conversa a lançar e a imagem de si que irá apensa na conversa. Porque conversador, diz de si para si, é que ele não é. Verídico olha-a com uma espécie de timidez? Um sorriso contrafeito? Desconfiança? Paralisia emocional? O incómodo do desconhecido compele-a à confidência, mas ele assim que se apanha com os fósforos na mão vai à tarefa. Ela fica na cozinha, sem jeito, meia desencostada, estranhando falar sem ouvinte. Ainda se propõe subir a voz para continuar a contar-lhe o mais recente dos seus mais recentes desaires amorosos e «eu já sabia como aquilo ia acabar» deve ter sido a última coisa que ele ouviu, se é que ouviu alguma coisa.

Agarra nos copos e no vinho pelo gargalo e entra na sala, onde ele se ocupa a atear o fogo. Sentam-se logo depois em posição analítica, ela estendida no sofá e ele de topo, na cadeira de baloiço, que é a melhor para a escuta, indo atrás e vindo à frente. Essa flutuação pode ser boa para a compreensão do que se perde e se ganha na distância. A conversa também se senta, muda do monólogo agitado de cozinha povoado de abrires de portas de armários, ao cimo e ao baixo, à procura de coisas que podem estar ou não estar, monólogo povoado, portanto, de excitações e decepções. Vagarosa, entre dois goles de tinto, Albertina diz:

– É estranho, não lhe parece, vir visitar a casa de um amigo quando ele não está? Mas afinal, quem sabe, era isso mesmo que eu queria, ter a casa só para mim, embora pareça um bocado vampiresco, como aquelas pessoas que se tornam nas outras, que se apropriam de identidades... Você costuma emprestar a sua casa?

– Nunca – disse ele.

– E porquê?

– Posso ter segredos. Tenho esse direito.

Porta fechada. Não lhe passou pela cabeça calar-se ou falar para si, interna, sem mais daquele embaraço de adivinhar polidamente o que interessaria ao outro. Mas o outro, sentado na mesma sala, a três quartos da sua cabeça e cabelo em desalinho, o outro compele à faladura, geral, particular, privada, pública, informativa, emotiva, histórica, incidental, anedótica. Albertina, que experimentara a confidência sem sucesso, por medo do insucesso vai directa ao fim do mundo.

– Este silêncio acaba por ser acabrunhante. Mete-se na nossa cabeça. Já não se pensa em nada. Parece que o mundo acabou, que desapareceu tudo...

– Na guerra nuclear – disse ele.

Albertina espetou um pouco a orelha.

– Na guerra nuclear?

– Mas eu tenho o meu abrigo.

A relação amorosa que Albertina entretinha com as suas visões de horror tornava-a acolhedora à visão apocalíptica do outro. Verídico, dono de um abrigo nuclear no sudoeste algarvio, pareceu-lhe uma alma imaginista do mesmo quilate, aparentada à sua, animada de precipitações, anelos e da mesma impaciência. Da incapacidade de esperar calmamente o que houver de ser. Viver o que vier, sofrendo-o ou acolhendo-o na alegre ignorância. Albertina raramente se dava ao prazer de não saber. A confissão do intruso inverteu a situação e foi ela, reclinada no sofá, que quis saber pormenores logísticos sobre o abrigo. Teria conservas? Atum, espargos? Latas de pêssegos? Quantas e para quanto tempo? Quanto tempo sofreria uma pessoa mediana o pêssego em calda? Seria possível viver bem, confortável e feliz, nos abrigos nucleares, com a Humanidade pulverizada? Era uma estranha concepção da vida em sociedade. Verídico debitou os luxos dos abrigos dos xeiques das arábias e não se acanhou de lhe recitar o elenco do conteúdo do seu. Albertina deixava-se ir, entre geradores atómicos, *software* de ponta radioactivo, supremos de inteligência artificial, robôs infinitos, continuando a funcionar no vazio, muito para além da vida humana. A questão da energia, em que ela nunca pensara, era determinante. Albertina ia adormecendo. Era isto talvez uma excentricidade sua, que dormia por cochilos em sofás de pescoço torcido e cadeiras de espaldar torturante, mas na cama, pronta para o relaxe, era assaltada por visões hipnagógicas de uma tal natureza que a faziam retornar ao sacrifício dos sofás. Acordou no silêncio, Verídico abandonara a cadeira de baloiço, passeava pela sala num andar sem padrão. Albertina acendeu um cigarro e expeliu o fumo do fundo, com uma tossidela franca e satisfatória. Verídico disse, num tom sempre igual de quem não admite réplica:

– A guerra é inevitável e, sendo inevitável, é também, no presente estado de sofisticação do armamento, definitiva.

O mundo não pode senão acabar. Seremos destruídos pela sofisticação do nosso conhecimento tecnológico. Trabalhámos para a nossa própria destruição. Criámos as máquinas do nosso próprio fim. Chegou ao fim a nossa espécie. Que venha uma guerra, que venha uma bomba, que faça saltar o mundo dos seus eixos e repor os elementos no seu devido lugar. O Homem é a maldição da Terra. Ele destrói tudo por onde passa. Saqueia e esventra o planeta. É preciso um apocalipse para erradicar o mal humano.

Albertina bebia, ouvindo a meia orelha as queixas de Verídico contra a Humanidade. A guerra nuclear não lhe dizia nada. Morrer com toda a gente por uma questiúncula de fronteiras não tinha o dramatismo de uma injustiça. Não causava uma indignação individual, não era sinal de eleição, causa de revolta contra o destino, nem convocava a dor de sofrer o desamor do cosmo. O que na morte singular havia de perguntas e processos, diluía-se, à morte de tudo, na banalidade de um *reset*. Albertina era toda pela morte singular. A tal ponto que se tornara, em certa altura, activista da eutanásia. O que nela queria dizer salvar-se de uma fantasia de imobilidade, de ser enterrada viva, duma anestesia em que não se adormece e se fica consciente e paralisado. Assim é que ela imaginava essas desgraças. Foi isto mesmo que disse ao Verídico, ou contra o Verídico, pondo os parâmetros primeiros de uma dissensão.

– Não tenho medo da guerra nuclear – insistiu Albertina. – Não me toca. Se o mundo acabar acho eu que será aos bocados, primeiro umas partes, depois outras, umas pelo fogo, outras pela água, umas pela seca, outras pela inundação... são

Impaciência

agonias duvidosas, mantendo-nos na ilusão de que podemos fazer alguma coisa para evitar a catástrofe que já aconteceu.

Construir um *bunker* recheado de conforto pós-hecatombe, parecia a Albertina um passo adiante na loucura fria. Não lho disse porque, embora fantasiosa, tinha senso comum e um sentimento natural de perigo diante da frieza. Ele queria tudo acabado de uma vez, não queria esperar mais, Verídico tinha decidido que assim devia ser; ela não acreditava em tal possibilidade, preferia discutir as mortes uma a uma, tempo por tempo. Ouviu nele uma espécie de caldeira surda, a borbulhar de substâncias tóxicas primordiais, arrefecendo por estratos até ao pensamento. O pensamento cheio de informação secreta, que eles não queriam que se soubesse, para não causar alarme social. Mas havia forma de escapar, era estar prevenido, escolher os canais de informação, manter-se um passo adiante do porvir. O mundo não ia acabar como se pensava, abalroado pelo embate de algum asteróide, ou por um vírus cozinhado em laboratório para vender vacinas, ou por uma reversão do campo magnético da Terra, ou, pior ainda, por uma intervenção extraterrestre de povos cheios de sabedoria e malevolência. Nem haveria sexta extinção pela acumulação de calamidades naturais. Essas eram ideias ignorantes, conspirações de lunáticos. Mas a guerra nuclear estava iminente e, uma vez começada, não poderia impedir-se de continuar até à destruição completa dos seus alvos. Ele falava sem emoção, como se estivesse apenas a ler o folheto informativo de um medicamento que é preciso tomar. O que arde, cura. E a Humanidade não aprendia, passara das marcas, agora pagava o preço.

A noite de breu avança destemida. Verídico vem sentar-se na cadeira de baloiço, tira o boné que revela uma farta cabeleira sem forma nem feitio, caindo livre sobre os ombros de um cristo grisalho terrorista. Balança-se agora com uma deliberação maníaca. Albertina senta-se direita, põe de lado a garrafa e prepara-se para o resto da sessão. Sente que recua com todo o seu corpo, que se afasta voando pelos ares com todo o seu espírito, para viver a situação nova e imponderável. Levanta-se devagar do sofá, espreguiça-se de olho no corpo estranho, dá um passo em direcção à porta aberta, espera ser interrompida a qualquer momento. Verídico ergue-se de um salto, corta-lhe o caminho, fecha a porta. Tem de falar e tem de ser ouvido. De que forma, só o tempo dirá. Mas era escuro o olhar dele, a boca num meio sorriso de troça, a perguntar:

— E você não tem medo de estar aqui sozinha? Não tem medo que lhe entre uma pessoa pela casa dentro, uma pessoa que você não conhece, e que julga ser amigo da sua amiga?

Teria chegado o tempo? O fim da espera? Albertina olha-o como um animalzinho, os olhos aumentados pelas lupas dos óculos, procura na sala um relógio, como procurou na sala de partos o relógio de parede que mostrava as seis e um quarto da manhã. Ponderou se estaria certo, nunca soube que margem de erro teria. Nascia enfim o seu menino, depois das bem contadas catorze horas de trabalho de parto, se de facto eram seis e um quarto.

VIII
CABEÇA FALANTE

O que a mão da Natureza semeava ao acaso, ela colhia com critério. Não se confiava nas outras, ela é que tinha o dom. Por associação, e durante muito tempo, tudo o que eu visse de floral, perfumado, ordenado em ramalhete, colorido e variegado, me lembrava a Açucena. Até me não lembrar, chegada à juventude, de tudo o que vivera antes. Esse tempo é dedicado à excitação da novidade, e o resto, tábua rasa. Mas agora tenho uns quatro ou cinco anos e sigo os gestos da Açucena que primeiro escolhe a rosa, corta o caule, depura a folhagem e a mergulha no vaso. Também tinha a sensibilidade para a flor silvestre e o seu cabimento: por mais gracioso, o arranjo tomava o seu lugar para além do eixo do corredor que separava o mundo da sala de jantar do da cozinha. Havia vasos esmaltados e potes de barro no patamar das escadas que levavam ao esconso, ou à porta da despensa, ou no corredor, sobre uma mesinha, indicando a longitude do alçapão da cave, dissimulado por baixo da passadeira. Eram as jarras do sinal de entrada para lugares inabitáveis. Só aí tinham o seu lugar as papoilas, os goivos, as margaridas e os malmequeres, as violetas, os brincos-de-princesa, os amores-perfeitos, permeados dos ramos verde-escuros do folhado, com a folha amarelada na página superior e a florzinha branca. Ou o verde-prateado da oliveira, as flores de alfazema, os talos de rosmaninho. Quando começava a querer espigar, e já não servia para a mesa, até o verde da salsa a artista incluía na composição. Eram festejadas, estas jarras, por todos, em comitiva, e sobre elas voejavam os comentários que ensinavam o olhar. Mas na sala de estar das senhoras são rosas, umas ainda em botão, outras eclodidas, cor de fogo e carnudas. O cheiro é, como se dizia então nos livros dos crescidos, inebriante. Afundo a cara nas pétalas e ela avisa, *não se pique, cheire com cuidado*, mas sem o alarde de uma ordem. Nem eu nem ela admitiríamos o alarde de uma ordem. Compõe a jarra com gipsofila e um par de ramadas discretas, para dar ao todo corpo e companhia. Depois é vê-la retirar rosas e ramadas e voltar a integrá-las, sem precisar de ter dado um passo atrás para considerar a obra. Repete as vezes que forem necessárias. Compenetrada, a Açucena entrega-se ao seu dom, faz-me essa graça. Eu vejo surgir a obra. Quando se dá por satisfeita, não olha mais e afasta-se a limpar as mãos ao avental. Segue pelo corredor para recolher outra jarra e recomeçar com as camélias vermelhas. Não tinha dia certo para fazer a ronda, mas não havia flor que murchasse em paz em nossa casa. Assim que dava sinais de senectude, ela rejeitava, deitava fora, criava outro arranjo. Não era uma ansiosa, a Açucena. Nem serena era. Cumpria. Deitava um olhar de viés aos vasos, de passagem, experiente, e sabia prever quando a coisa se daria. Enquanto ela tratava das camélias, uma a uma, elevando-as no ar, apreciando-as vermelhonas contra o fundo branco da parede, aparecia no corredor o quadril da Perpétua, de joelhos nas rodilhas, a esfregar a tábua do sobrado com palha de aço. A seu lado a celha onde oscilava a água esbranquiçada do sabão macaco e, do outro lado, a escova de cerda que ajudava à raspagem da cera velha. Fazia-se ouvir o som eriçado, depois estranhava-se qualquer coisa, uma arritmia, um claudicar na frase. Quando se esperava que ela usasse a palha de aço em gestos previsíveis, em séries de cinco ou seis braçadas, interrompia-se para limpar o suor da testa, puxar a saia que se tinha desprendido entre as coxas ou para se pasmar diante de algum fenómeno. Isto causava ânsia em quem ouvia, uma escuta involuntária, uma atenção que não devia existir. A Perpétua estava nos antípodas da Açucena, era uma limpadora desregulada, atirava-se ao chão sem qualquer método. Distraía-se a perseguir baratas e aranhas desaninhadas, ou tudo o que tivesse vida. Íamos dar com ela a matar moscas com o pano da loiça, chegava a ficar negro o chão da cozinha, numa tarde de Agosto. A cada óbito gritava: «Toma, magana!» e se alguém a surpreendia, chanfrada, a rodopiar pela cozinha, fitava, de outra dimensão, o intruso; parava a olhar sem olhar, ofegante, desgrenhada, rindo sem pejo. Não tinha medo de nada. Apanhava as víboras à mão e ia afogá-las à torneira do quintal. Nós conseguíamos autorização para assistir. E era magistral, primeiro mostrava à volta, a víbora esganada, para as crianças poderem ver de perto os olhos cristalinos, a fauce escancarada e o veneno a gotejar nas presas; depois, com mão segura, abria a torneira de onde desenganchara a mangueira de borracha e fazia correr a água por cima da bicha até ela deixar de espernear. Era o mesmo método com as ninhadas dos gatos, afogados um a um sem requinte, ou com alguma ratazana maiorzinha que não se ficava a golpes de vassoura. Fazia-o de competência, apenas com o pragmático prazer que se retira de uma destruição necessária, conducente ao recíproco alívio. Para a Perpétua, o dia em que a mandassem varrer as teias de aranha era um dia bem passado. Atava com um cordel um pano de pó à cabeça da vassoura de palha, aumentava-lhe o cabo com uma extensão improvisada de cana ou outro varapau, e é assim que eu a vejo, a cantar, de manhãzinha, manobrando e acertando milimétrica na teia onde o inocente aranhiço ou a reclusa descansavam. Virava-se para mim, que lhe bebia os gestos, ainda descalça e em camisa de dormir, comentava, triunfal: «Catano, que esta era grandita!» Eu também queria. Pegava-me ao colo, alojava-me na anca, fingia-me parceira. «E vão três!» Fazia gala e tinha o brio dos sucessos. Limpava com rigor as vigas do tecto, sobretudo nas entregas, onde os barrotes entravam nas paredes. Tinha o talento, e via bem, via longe com detalhe, não se afobava como a Açucena que não tolerava os animaizinhos.

Mas, no chão, deitava a cera sem medir a gastos, e ela metia-se nas frinchas. Nuns sítios demais, noutros de menos. A senhora ia aos arames com isso, ralhava que os movimentos deviam ser organizados e certos, e ritmados, se era feito de qualquer maneira era mal feito e o tempo, perdido. Mandava repetir, mais valia estar quieta. A Perpétua deixava no sobrado clareiras de cera velha, que a senhora indagava de óculos de ver ao perto, denunciadas na luz indirecta, quando ela retorcia costados e pescoço. Era o mesmo com graxas e pomadas, e com o tempo e as repetidas decepções, tudo o que era espalhar, arear e puxar o lustro tinha de ser atribuído à Fernanda. A Perpétua deixava grumos de graxa nas comissuras da pele, nas costuras e nos buracos dos atacadores. Os amarelos do fogão de lenha saíam toscos e foscos. E um frasco de solarina ia-se em menos de um fósforo.

As censuras à Perpétua e respectivas ameaças de despedimento faziam parte da vida. Sabíamos que ela era a nossa ligação ao mundo inferior, aos seres viventes que habitavam a casa quando nós não estávamos, ou não estávamos a ver, ou dormíamos, enquanto eles se moviam no inconsciente das paredes, na cave, no esconso, no escuro. Era ela a mandada estender a roupa ao sótão quando chovia. Voltava com notícias que nos assombravam, cobras enroladas aos cantos, que a seguiam com os olhos. Tinham a ver com ela as centopeias, os morcegos, as serpentes, as ratazanas, uma vez uma raposa, outra vez um javali transviado por um incêndio na floresta. As censuras, na voz exasperada da senhora, não deixavam de trazer humilhada e ressentida a rapariga, que nos sonhos se vingava e depois, mais tarde, se vingou deveras emigrando para Lisboa e deixando aos patrões uma carta ácida, de uma correcção gramatical assaz suspeita.

Sento-me na casinha de engomar com o seu cheiro a forno, a um canto do parapeito da janela, com um livro de histórias ilustradas nos joelhos. Não sei ler, mas carrego o livro comigo. Os lençóis estão despachados, dobrados e redobrados, deitando na atmosfera húmida o cheiro da alfazema. São extenuantes na força e na ginástica que exigem a passar. O ferro em que chispam as brasas é um instrumento infernal. Tentei uma vez pegar-lhe, mau grado os avisos dela: pesa arrobas. Camisas brancas, blusas e vestidos de Verão forram as paredes do lugar. Para evitar os acidentes, Açucena interpõe um pano branco entre o ferro e a peça de roupa que vai borrifando para a domar. Ocupada nos gestos precisos de punhos e colarinhos, e nas pregas das saias, conta-me da vida anterior dela, pede-me que lhe escreva uma carta à mãe, e eu finjo que escrevo com o dedo sobre a página do livro, pedindo de vez em quando uma pausa para descansar a mão. Esta carta é sempre igual, conseguiria escrevê-la de olhos fechados, e nessa carta ela está sempre de boa saúde e espera que a mãe também esteja e o pai e todos os irmãos e irmãs e depois pergunta pelo mais pequeno, que é doente, e espera que ele vá indo melhorzinho. Tem uma preocupação pelos canteiros e flores do jardim que ela plantou em casa dos pais antes de começar a servir, e enumera-as vaso por vaso, querendo saber se estão seguindo como devem as etapas da vida. Se pegaram, se floriram, se espigaram, se grelaram, se morreram. E a manjerona? E o lírio? Um dia vislumbro que todos esses nomes são ditos no único propósito de me serem ensinados. Para, através deles, me constituir sua herdeira. Os nomes que eu repito à mesa da família, a despropósito, para orgulho de um pai urbano que nada sabe destas coisas. No fim vem a data e assina sempre *da sua filha muito amiga Açucena*. Em troca da carta aceita fazer-me um bolo, e eu mudo-me para a cozinha e assisto à transformação de uma massa batida, sedosa, amareliça, de sabor desmaiado, naquele prodígio que se corta à fatia e faz um dia conseguido. Serve depois o lanche, a minha Nena, às tias e primas crescidas, que se espreguiçam pelos canapés e sofás da sala; espreme os limões, apanhados da árvore pela janela da cozinha; faz a limonada que retine na jarra quando nela se roda a colher para espicaçar o gelo e o açúcar – e recebe alguns comentários lânguidos sobre o calor. Mas eu quero comer na cozinha com a Nena, ela serve-me de pé, faz-me festas no cabelo, dá-me tanto de tudo quanto eu quiser. Senta-se ao meu lado a ver-me comer, à espera de que eu lhe peça ajuda com as últimas migalhas. Que ela me chega à boca numa colher de sobremesa, para nos lembrar a ambas do tempo em que eu era tão pequena. Mas desta vez, na sala, quando me agarro à saia dela, oiço da avó o advertimento: «Esta criança tem de ser desmamada! Deixa a Açucena que ela vai passar a ferro!» A criada defende-me, eu não estorvo, o trabalho não sofre, e rindo, conclui que eu até a ajudo muito. Eu, criança loquaz como poucas, nestas alturas calo-me, arranjo uns olhos mortiços e faço beicinho. Nem sempre resulta. Há uma tia que me deita o gadanho e me senta à mesa com uma folha branca e uma caixa de lápis de cor. Mas eu vingo-me a fazer o retrato da Açucena rodeada de flores silvestres e com um sorriso encarnado de orelha a orelha.

Quando o calor abranda, podemos sair todos a apanhar amoras e pinhões, e eu vou com a turba, pela mão de um deles, faço parte. Mas vigio a proximidade com que a Nena trata os outros e não tolero relações ilícitas; se vejo que há razão para ter medo de a perder, interponho-me, invento uma exigência, faço valer os meus direitos. Festejam-me os da minha condição. Apaparicam-me, pais e avós, e tios e tias e primos e primas. Para que não lhes fuja, parecem querer a minha boa opinião. Curiosamente, parecem também não querer perceber que a Açucena é só minha para usar e abusar como eu quiser. Para o provar, tenho de a ter sempre debaixo de olho e ganhar cada momento, pedir, ordenar, comandar. Se nada resulta, então, choro.

No regresso do pinhal a Açucena passa a criada de dentro e supervisiona os banhos das crianças. A Fernanda aquece a água na caldeira do fogão de lenha, põe a rodilha de trapo à cabeça e iça sobre ela o jarro esmaltado. Vem do extremo oposto da casa, andando corredor fora como os maratonistas, dando depressa às ancas, mas o tronco de tal maneira hirto que o jarro não mexe sobre a cabeça. Atrás dela, a Perpétua, desconchavada, a deitar água por todos os lados, e a Estrela, pequena e risonha, a mão metida na asa do jarro, a tentar acertar o passo e a corrida pelas outras. Parecem um desses comboios a vapor que iam para a Lousã. Nós debatíamos a ordem de entrada na tina de cobre. Sabíamos que a primeira água vinha limpa, mas quente, quase a queimar, em virtude da celeridade da Fernanda; e íamos dando uns gritos, e ela deitando água fria, até se chegar a uma harmonia; sabíamos que o cheiro do sabão de azeite e lavanda a princípio era mais vivo, mas a toalha de linho estaria seca e áspera sobre a pele. Os rapazes torciam por ser os últimos, para poderem chapinhar na água fria e suja da poeira dos caminhos. Pouco mais seriam do que passados por água barrenta. Mas eu ambicionava sempre o primeiro lugar na fila, aspirando o cheiro da lavanda e o amor esfoliante da Açucena. Não me calava, falava com e sem referência à situação. Perguntava: *para que serve a pedra-pomes?* E respondia: *A pedra-pomes serve para esfregar atrás das orelhas das crianças.* E a Açucena fazia um ar sério, dizia: «Sempre a palrar, a palrar, este meu passarinho!» Depois tinha na sala deserta algum tempo para mim. Dava-me para pegar no espanador de penas e limpar o pó à colecção de elefantes legada por algum dos ancestrais. Havia-os de todas as matérias, vidro colorido, loiça ou madeira. Partilhavam o único quesito de terem a tromba alçada, ou haviam de dar azar. Limpar o pó com espanador é uma forma conservadora da limpeza. Ele ergue-se do dorso do elefante e pousa no tampo da cómoda. Varre-se do tampo e pousa na porta encerada. Vai da porta para a saia do bibe e para as costas da mão. Depois sacode-se o espanador, volteia de novo a poeira na luz, e pousa. É metamorfose e combinatória. Do mesmo pó, outros pousios.

*

Esta criança não se cala era o que eu mais ouvia da família. Só me calei lá para os doze, treze anos, tomada por um pudor e novo culto do segredo. Nos dias bons eu era um passarito, pipilando pela casa, uma cabeça de caracóis, de espanador na mão atrás da Açucena, e tinha muita graça, no bibe de *piqué* com o meu nome bordado no peito a ponto-cruz; nos dias maus dos crescidos era uma matraca que palrava sem piedade. Não falo só com os meus maiores, as criadas, os homens da quinta, e os da minha criação. Sou daquelas verborreicas que a tudo se dirigem, atirando as palavras a eito como se espanejasse o ar, em proto-pinceladas, num tom inquisitivo, a muitas vozes. Se quero agora tomar exemplos, seca a inspiração. Não me lembro das frases infantis, apenas do desejo em que elas vinham embutidas. Pretendo o efeito do meu dizer, o modo como a Açucena levanta os olhos da costura e se esquece de picar o ponto, ou o sorriso geral à mesa que acende os seus cigarros. O orgulho do pai na esperteza da menina. Os tios humoristas puseram-me este epíteto, *Cabeça Falante*. Sou tão pequena que mal chego ao prato e o que eles vêem é isso mesmo. Pelo realismo do achado, viram-se aplaudidos, acabou por pegar, umas vezes dito com graça, outras com exasperação, dependia do momento, da boa oportunidade, que irei demorar uma vida inteira a reconhecer. Para a criança é o capricho dos adultos que governa o mundo. Mas não deixo de os surpreender quando anuncio que quando for crescida quero ser criada de dentro como a Nena. Não me quero casar, quero só ter filhos, dar-lhes banho, esfregá-los com pedra-pomes atrás das orelhas, vesti-los de lavado, ensiná-los a fazer o laço dos atacadores, e andar sempre de um lado para o outro a fazer coisas, compor jarras e cozer bolos, para não me aborrecer em casa. Vejo que tanto se encolhem ombros como se franzem sobrolhos, dão-me a entender que não sendo veramente proibido, tal projecto de vida não tem nenhum cabimento.

Não havia dia certo para a barrela, mas quando se lançava na lavagem da roupa, a casa alterava-se e eu não valia quase nada. Por mais que fizesse beicinho, a Açucena enxotava-me e tornava-se grave na tarefa, não me queria por perto quando deitavam água a ferver sobre os lençóis. Rejeitada, eu vagueava pela casa esse dia da barrela, acabava encalhada ao colo de alguma prima, que ia pentear-me insensível, ou pôr-me à viva força uns papelotes. Conformava-me àquela atenção, pois que não havia outra. A Açucena tinha peneirado as cinzas do borralho, lançando-as às tinas onde os lençóis se enroscavam. Ela medira o sabão. Para mexer os lençóis na barrela com o pau estava a força do trabalho da Fernanda. As outras duas, que nesses dias se multiplicavam de gente miúda vinda para ajudar, raparigas afilhadas das madrinhas da casa, rapazes sujos, remendados e descalços, saíam de cântaro à cabeça, despachavam-se a trazer água que fervia na caldeira do fogão a lenha e descia à barrela. Era a água férrea da fonte, a água do poço, a água da mina, todas juntas em celhas de madeira e tinas de zinco em seus milagres branqueadores. Ali ficava a roupa a marinar a noite inteira.

Saíam ao romper da aurora, ouvia-se o carro dos bois a chiar na cantadeira, as saudações trocadas com o boieiro, o chinelar, os tamancos, os risos abafados, os baques sobre o estrado das celhas da roupa escorrida. Elas iam ao rio acabar a roupa, bater os lençóis nas pedras, passá-los por água corrente, pô-los a corar. As camisas de noite, os vestidos, os bibes, a instrutiva roupa de baixo de homens e mulheres pendiam retorcidos dos ramos e repousavam esparramados plos arbustos. No quarto das crianças eu acordava do meio de duas primas e voltava a adormecer. Chegávamos para o banho de lazer pelas dez e meia. A Açucena de par com a Fernanda espremia e torcia os lençóis e espalhava sobre as ervas da margem toda aquela intimidade. De dentro das camas e dos seus segredos ali corava à luz do dia. Foi na margem que pela vez primeira me encontrei com essa excêntrica peça de nome clínico, o sujeitador, o *soutien*. Dois cones para um vazio. Essa outra discreta forma de pressão, a cinta. Esse cómico aparelho, o cinto de ligas. A faixa adelgaçante de algum tio. O mesmo com os calções interiores, suas protuberância e abertura, e como ia esbeiçando pelos elásticos. Eu pedia explicações, apontando com um dedo que a Nena desviava, dando-mas a meia boca, sem me olhar nos olhos. Eu queria informação mais ilustrada, e ela fazia gestos no ar, sem rigor. Não era por vergonha, sabia apenas que eram sítios e que cada sítio tinha as suas visões e as suas cegueiras. Em casa andava-se tapado e num limpo consciente e ansioso. A nódoa era temida por todo o espectro familiar. No aparador da sala de jantar estava o pó de talco, para as pingas de azeite ou molho. O limpo, de bitola menos exigente no Verão, no passar do tempo e nos acidentes da vida, sucumbia. Mas no rio tudo se expunha: a vitória da Natureza e o nosso impulso civilizador; quem ainda se amava entre lençóis, quem menstruava, quem deixava a cama em branco. Despíamo-nos: por baixo havia o fato-de-banho. Em fato-de-banho podia estar-se ao natural, mas sem explicitar o sítio e a situação; na margem do rio a informação que se recolhia não era registada, nem consciente a mudez que omitia o conhecimento da forma que nós éramos. Uma das primas exibia um biquíni. Eu ia de toalha em toalha bichanando segredos, num sotaque da província que não agradava a todos: o pé da Nena tem um dedo assim saído, a Mitó tem o sangue muito forte, a Maria Alexandra vai ter um bebé que não sou eu.

Cabeça Falante

*

A Maria Alexandra era a minha mãe e chegara entretanto, com uma boneca de porcelana inesperadamente japonesa. Ficou na caixa para não se estragar. Trazia também uma barriga tal que a obrigava a andar com um pé para cada lado como se tivesse engolido um boi. No princípio tratei-a com o espanto e admiração que se têm por curiosidades e números de circo. Percebia que ela era para os outros interessante. Mas um interessante que fazia desviar os olhos, aproveitar qualquer pretexto para mudar de lugar ou bocejar à socapa. De repente ela destacava-se do fundo do biombo japonês e vinha ao centro da figura. Quando entrava, os homens mexiam-se por fim, levantavam-se para lhe dar o cadeirão mais cómodo. Mas nada lhe convinha da mobília. Acabava encostada ao meu pai, ele passava a mão pelos ombros dela e fazia-lhe festas na barriga. Estava enorme, a Maria Alexandra, sempre a morrer de calor, redonda, a arfar e a gemer, com um peso no peito. *A Maria Alexandra*, dizia eu, *está uma verdadeira camilha. Sofre de azia porque o bebé já tem cabelo*, ou, mais adiante, se me deixavam, *traz o bebé ao través*. Não me chegava a ela, tentava seduzi-la de longe, com o meu aprumo e a minha contenção. O meu jogo fazia-se pelos olhos e pela lábia. Com as criadas é que eu queria saber por onde entrara a aventesma e por onde havia de ser expelida. Sentia-me, por ela, pela minha mãe, fechada em mim própria, trancada no que só podia crescer para dentro. A Perpétua, mulher de quinta, ria-se com a boca toda e dava o exemplo dos vitelos. Mas a Açucena mandava-a calar assim que me via contristada.

É na cozinha que me atordoa o cheiro do café de cevada de manhã, que elas bebem com leite, açúcar amarelo e côdeas de pão de centeio. É na cozinha que se coze, se guisa e se frita. É para lá que eu vou quando acabo de almoçar na sala, à mesa alegre. Sei que não devo, mas é com elas que eu existo e reino, sentada a ouvi-las trocar impressões sobre a vida da casa. O que está feito, o que falta fazer, o medo que as domina, uma é as fúrias da senhora, outra a cave, outra é os confins do quintal, onde uma vez viu, espreitando por cima do muro, um rapaz em cima de umas andas. E outra vez, diz a Fernanda, baixando a voz, *um sagui amestrado, vestido de palhaço*. Parece que, sempre que se chegava ao muro, acontecia-lhe ver do mundo uma aberração qualquer. Uma criança contorcionista, um homem que comia fogo. Extramuros era, para ela, a feira monstruosa. A Estrela olha-me de viés, está em cima do banquinho a fritar pastéis de massa tenra para o almoço delas, depois vira-se para o óleo a ferver e diz: *a menina sabe que não pode estar aqui, o seu pai não a quer aqui, já lho disse vezes sem conta. Depois nós é que pagamos.* Há sempre uma delas que toma o meu partido, diante da Açucena, sentada a meu lado, olhando em frente sem dizer nada. *Deixa, Estrela, a menina gosta da gente, não é?* Eu bebo e como até não poder mais. Elas gostam que eu goste de comer os cozinhados da Estrela. Não tenho, por mim, qualquer limite. Vomitaria e continuaria a comer e a beber e a palrar. Depois deito-me no colo da Nena e passo a mão na barriga inchada. Tenho aqui um grande bebé, do tamanho dum vitelo, digo. A Estrela começa a queixar-se de um cheiro. Ela cozinhava sobretudo com o nariz e fungava pelo ar em busca da origem. *Está aqui um cheiro*, e todas fungavam e diziam que não lhes cheirava a nada, ao que a Estrela comentava que eram todas pecas. À saída, de mão dada com a Nena, para dormir a sesta, a alta porta de madeira expôs-nos ambas a um mau encontro. De pé, a meio do corredor, o pai esperava. Estava mesmo em cima do ponto do alçapão da cave. A Nena ia falar, pegou-me na mão, fez-me recuar, e avançou para me proteger com o próprio corpo. O pai levantou a mão e ela estacou. Suspeito que estaria passeando no corredor distraído a fumar e a pensar noutra coisa. Reconhecer-se desobedecido levou algum tempo a chegar à consciência. Mas quando chegou, foi no instante possuído por um demónio vingativo: empurrou-me com a mão espalmada nas costas para a porta da cozinha, que eu fechara atrás de mim com todo o segredo. Corri obrigada, o mais depressa que pude, para não cair. Num último assomo de raiva, deu-me um impulso e eu estatelei-me no chão da cozinha. Ouvi-o dizer à Açucena, gentilmente: *a menina de hoje em diante passa a comer convosco na cozinha. Não quero vê-la mais à nossa mesa.*

*

Componho assim, na memória vaga, o episódio da ofensa passada no quintal, de que resultou, uns anos depois, a emigração da Perpétua: para mim esse pátio é agora todo sombreado de árvores de fruto, a inevitável nespereira, o limoeiro, a clementineira, arbustos de cheiro e tisanas para os lados da capoeira. Estou de mão dada com a avó, que me deve ter roubado à Açucena, com aquele seu ar meigo e rapace que não admite escusa. Mas o eu ter acedido significa que já estou a sair da órbita da Nena e a reentrar na expectativa da Mãe. Vejo a Fernanda, na sua face de pujança minhota, olhos límpidos azuis e rosetas vermelhas nas faces, de joelho em terra, ao pé do ralo do esgoto. Com a mão direita atrás das costas dirige à senhora uma súplica marejada. A senhora inclina-se um pouco para ela, como uma rainha santa, mas fará tudo menos atendê-la. Há um problema no esgoto: é preciso tirar a tampa, meter a mão na fossa e desentupi-la. A Fernanda não quer. Nem é querer, é que não consegue, diz que não consegue, tem um soluço, vemos-lhe os repelões do estômago. O horror da criada, julgo eu agora, vem da inesperada traição da casa. Cirandara ajudando aqui e ali, entre a fina Açucena e a bruta Perpétua, vacilante, periclitante, a uma nesga de cair no ralo. *A Senhora mande a Perpétua*, murmurou. *Mande a Perpétua que eu tenho nojo!* Mas a senhora não cedeu, irritou-se: *Mete lá a mão, rapariga! A água lava tudo menos a má-língua!* Também eu sinto horror ao ralo. Ela não consegue, baixa a cabeça, chora baba e ranho. Eu vejo, porque estou à altura da cara, o pânico dela, soberano, a fazê-la repetir: *mande a Perpétua! mande a Perpétua que eu tenho nojo!* Na janela da cozinha, enquadradas no verde da hera trepadeira e no vermelhão da buganvília, estão os meios-corpos da Estrela e da Perpétua. A Nena estará recolhida nalgum trabalho delicado. Carrancuda e sem paciência, a Estrela dispara da cozinha e vem para a boca do esgoto. *Chega para lá, eu faço.* Mas a senhora não deixa que ali se usem as mesmas mãos que desfiam o bacalhau do jantar. A Fernanda fecha os olhos, arranca de si a mão que escondeu atrás das costas, alheia-se do apêndice, e num vómito afunda-o na água suja. Eu fujo para a sala à procura da minha mãe. Quando a vejo reclinada no canapé, trepo por ela acima, quero abraçá-la. Mas ela escorrega-me, redonda, não tenho onde me agarrar. Geme, *ai filha, tem cuidado, magoas-me, vai ter com a Nena, ela dá-te o lanche. Não quero, não quero*, respondo com a mão firme a prender--lhe uma mecha de cabelo, *não quero, cheira mal*. O jantar recebeu-me de novo benjamina à mesa e ouviu sussurrada pela avó a história das manhas da Fernanda. À noite quero fugir de casa, ir procurar a mãe da Nena e o seu irmãozinho doente e ser pobre no casebre florido em que todos são famintos e felizes. Mas acabei por ficar e assistir à metamorfose da Perpétua, calada e ressentida, resmungando pelos soalhos. Nos olhos da Fernanda, que temia o degredo dos ralos do esgoto, reconhecera-se condenada. O rancor contra ela estendeu-se a pouco e pouco a todos os presentes e trabalhos da casa. E sem poder aspirar a outra coisa, esfregava e esfregava, enquanto nela fermentava o ódio. Quando aprendi a ler, ela quis também. Ajudei-a depois a escrever a tal carta de despedimento que a família passou, admirada, de mão em mão.

*

Não sei se tais memórias poderão iluminar o episódio. A verdade é que me senti sempre peixe fora de água na minha vida de jurista. O conflito, a quezília, a argumentação fútil de sofista sobre insignificâncias, desamores, vinganças, partilhas de bens, separações, nada me dão, e eu pelo meu lado nada lhes dou. Fazia do escritório a minha casa. Lia processos e ouvia as partes, era tudo abstracto. Vivi em andares alugados, uns atrás dos outros. Ao primeiro problema, ao mais ínfimo, mudava-me para outro lado. Casa era, para mim, exílio. Nunca quis aprender a cozinhar. Ódio e desprezo, é o que sempre senti por todas as tarefas domésticas. Pelo seu carácter eterno, repetitivo, bruto, inane. Queria apenas ganhar o suficiente para viver num hotel com um bom restaurante.

Nesse dia, ainda era Inverno, passei naquela rua, uma subida íngreme que eu evitava à saída do escritório, na convicção de que estava demasiado cansada para subir – embora fosse um atalho e me poupasse dez minutos de desvios. As subidas têm na psique uma relevância arcaica. O contemporâneo detesta subir. Ruas, escadas, encostas, tudo lhe lembra uma elevação exigente, com a aridez de tempos bíblicos. Paga para fazer escalada, mas subir uma rua ele não sobe.

O velho marceneiro, a fechar a loja, à falta de melhor – e eu de saltos e saia justa –, pediu-me ajuda para transportar, do passeio, uma cómoda que apenas se aguentava na inclinação com os dois calços. Saiu-me a resposta, ajeitei a carteira a tiracolo, e pus as mãos por baixo do tampo, onde ele me mostrou. Levantei a cómoda, menos pesada do que parecia e fui acompanhando o velho para o interior da marcenaria, abafado e de tecto baixo, e ele dando as suas instruções: «cuidado com a porta, cuidado com a parede, não se encoste aí que o verniz está fresco». Já não saí. Fiquei como aprendiz, estou a dar os primeiros passos na marcenaria de réplicas, aprendo as técnicas do mobiliário de estilo, que voltou a estar no gosto da época; nada me incomoda, o escuro da oficina, o cheiro da serradura, das colas, dos vernizes, o pó dos móveis, o barulho da rua, os transeuntes, parados à porta, a espreitar para dentro enquanto eu, ao torno, me vou afeiçoando a esta vida. Aqui, tudo me diz respeito. O pormenor no trabalho é de vida ou de morte. O orgulho na obra da mão não tem igual. Da jurisprudência nada me ficou, uma memória que surge às vezes do corpo, do desconsolo, que eu varro cerce quando aflora, como a Perpétua fazia às teias de aranha. Sou eu que abro a oficina, o velho que descanse, bem merece. Às vezes ponho-me eu à porta, de fato-macaco, o cabelo entesado de serradura, apanhado na nuca em espanador, a fumar um cigarro. Tenho restos de cola nas mãos e as unhas estragadas. Olho quem se dispõe a subir a rua. Bem os vejo ao fundo, a olhar para cima, a hesitar, a tomar balanço. Pode ser, julgo eu, que lhes aconteça um bom acaso. Mas sei que não é para todos, a sorte de um acidente de percurso.

IX
AS ESTRELAS

A velha máquina a vapor deixou-o no Pedrelo à meia-noite em ponto, agora era caminhar debaixo das estrelas, pela floresta rapada do Inverno, os doze quilómetros até à Cabreira. Vinha febril, excitado do propósito que trazia, e parecia-lhe elevado e nobre, descido no seu retiro, como coisa revelada ou abstracção linguística. Vinha pedir perdão, dez anos volvidos sobre o processo em que miseravelmente cometera o seu perjúrio, e miseravelmente se convencera de que não passava de um cobarde.

Tinha nevado um pouco, não o bastante que dificultasse a marcha. Ao longe avistou uma ou duas luzes nas Águas de Cima e calculou que havia de ir a meio do caminho. Lembrou-se das incontáveis expedições a Coimbra e daqueles regressos nocturnos, com a turma dos mais crescidos, parando aqui e ali para interrogá-los. «Já sabeis o que isto é. Que folha é esta, Manuel?» «É lanceolada, Mestre.» «Completa? Incompleta? Vede lá bem!» E o Tomé, sem dúvidas: «É completa, Mestre!» Os melhores iam chegados a ele como focas do circo, saltitando, revezando-se, para não deixarem cair nem uma palavra ao chão. Os mais lentos atrás, como um rasto de indiferença, o Hermínio, sempre a tossicar no casaco remendado, a Isaura com o seu gorro de lã, a Gertrudes, a Elvira e o Luís aos tropeções, a dormir em pé. Em Coimbra tinham visto a Biblioteca da Universidade, a Sé, e meia dúzia de igrejas que se baralhavam na cabeça do Hermínio, o Mestre falando sempre, chamando a atenção para a pintura, para a arquitectura, a forma das naves, os pormenores das portas. E um pouco envergonhados, os mais lentos, quando o Mestre subia ao órgão e tocava uma música com ar de igreja. Subiam em cacho ao Penedo da Saudade, onde o Mestre declamava um poema de Antero, e os melhores faziam comentários que valia a pena ouvir. Os lentos encolhiam-se uns atrás dos outros ou fingiam olhar os longes, para não serem interpelados. Depois, consolados por uma refeição quente no mosteiro, apanhavam o comboio e eram despejados no Pedrelo a meio da noite estrelada com um frio de rachar. Caminhavam atrás do Mestre em passo de marcha rápida, até ele estacar de repente numa clareira, e evocar os pitagóricos, não sem antes chamar a atenção para o pouco que de concreto se sabia deles. Mas sempre ia dizendo que eles supunham haver nas esferas celestes uma harmonia que produzia música, e ela era perfeita, mas nós não a ouvíamos, porque sempre a tínhamos ouvido. E os melhores ficavam no seu flanco e espetavam a orelha, e riam, «Não oiço nada, Mestre!», dizia o Manuel. E levava uma festa na cabeça. «Então e que constelação é aquela ali?» «Oh, é o Arado, a Carroça, a Ursa Maior, Mestre, isso toda a gente sabe!» E ali? E ali? E cada um à vez ia dizendo acertadamente tudo o que ele lhes ensinara, sem uma falha, sem um agravo, na harmonia do mestre e seus alunos. E se algum era interpelado e se calava, hesitante, logo outro se chegava à frente, lhe puxava a manga do casaco, dava a resposta pretendida. Os olhos brilhantes do frio e do conhecimento, aquela vontade de saber e agradar, era todo o seu propósito e enlevo. Na manhã seguinte não havia escusa, às oito já estavam nas carteiras a resolver equações. Ensinava-lhes Matemática, para ele a Humanidade ou sabia Matemática, ou não valia nada. Há dez anos, pouco depois de chegar à Cabreira para tomar conta dos alunos mais velhos da escola primária, escrevera ao amigo da Sorbonne que «aquela gente era pouco mais que bestas, vivendo num chiqueiro odioso de baixeza». E esse amigo perguntara, na volta do correio: «Mas tu, que és filósofo, lógico e matemático, autor de um livro que todos lemos e admiramos, porque estás aí a ensinar os filhos dos camponeses? Porque não vens ocupar aqui o teu lugar natural?»

A pergunta ficou por responder, ele não aceitava bem as perguntas, alastravam, enquistavam, tomavam-lhe o espaço todo por dentro. Durante o processo no tribunal, que acabou por ficar num limbo irresoluto, negou tudo o que os alunos tinham testemunhado. Depois fechou-se num mosteiro a tratar do jardim, atormentado, ainda não pelos crimes que cometera, mas pela vergonha e pela humilhação de se ver réu, e de ser interrogado. O juiz, na altura, sem outra solução, encomendou uma perícia psiquiátrica. O processo judicial pressupunha uma explicação que ele ainda não tinha, nem maneira de lidar com o acto e a consequência dele. Agora, caminhando depressa em direcção à Cabreira onde não sabe como será recebido, ainda vê o Hermínio a cair a seus pés, revirando os olhos, desmoronando-se, com um soluço tímido. E ouve em eco o grito da Isaura, um guincho de gato esfolado, protegendo as orelhas com as mãos. Ele ficava, nessas alturas, glacial. Enquanto os melhores, nas carteiras da frente, lutavam para se fazer ouvir pelo Mestre, levantando a mão, querendo ser chamados ao quadro, competindo para dar a resposta mais completa, ele sentia como uma corrente de ar que lhe atravessava a alma, concentrava-se nos mais lentos, descia do estrado, fazia-se um silêncio, e os melhores entreolhavam-se e calculavam com acerto que não podiam salvá-los. Apenas testemunhavam a brutalidade do saber a abater-se com raiva sobre a densidade da ignorância. Uma vez puxara Isaura por um braço até ao quadro. Ela olhou para a equação como boi para palácio. O Mestre mirava com desprezo crescente o seu cabelo em escova de cerda espreitando do gorro de lã esverdinhada, os olhos pretos, redondos, cheios de pânico, as rosetas vermelhas e a boca gretada do frio. Com desprezo crescente, as pernas esqueléticas como piaçabas. E ia-se chegando a ela com deliberação, com o seu cheiro a estranho, do casaco de cabedal, das botas de pele, não cheirava como eles, nem como as casas deles, e a criança, agoniada, acabara dizendo um número ao acaso; ele, sem a ouvir, arrancou-lhe o gorro e puxou-lhe os cabelos, esfregou-lhe a cara no grande quadro de lousa, todo escrito e gatafunhado, e ela tossia com o pó do giz, aterrada. «Exijo que me respondas!», disse o Mestre. «Exijo que penses, que me dês uma resposta racional!» A Isaura viu as mãos dele aproximarem-se.

Nunca se sabia onde iria parar. A fúria dele era tão fria que não podia arrefecer, continuava, continuava, até estacar, mais à frente no tempo, sem razão. Como um louco que, sem razão, cantasse, ou insultasse, ou lhe arremessasse uma pedra entre os olhos. Ou se atirasse de uma janela. Ou para debaixo do comboio, com o desatino do animal que sofre. Depois arrastou Isaura pelas orelhas até à carteira e ela ia batendo com as costas e o peito na mobília. No dia seguinte estava coberta de nódoas negras, veio a Mãe à escola pedir contas, ele não tinha explicação, dizia que exigia dela, que era rapariga, exactamente o mesmo que exigia aos rapazes seus colegas. E se não estava com atenção, era corrigida, segundo as mesmas regras. A Mãe ficava sem saber o que pensar, porque pedir menos brutalidade equivalia a uma admissão de estupidez ou a uma ambição de desigualdade. Os espancamentos pioravam com o tempo. À medida que os melhores se iam tornando melhores, crescia a impaciência com os mais lentos. Com o Manuel, o Óscar e o Tomé, o Mestre estudava em casa até ao fim da tarde. Quando batiam as vésperas, despedia-os com deveres para fazerem ainda depois da ceia. Um dia apareceu aos pais do Manuel, camponeses desconfiados como não havia outros, e propôs-lhes adoptar o rapaz e mandá-lo estudar Matemática para o estrangeiro. Talvez Cambridge ou a Sorbonne. O pai esmigalhava a broa com dois dedos e ficou longamente a olhar para ele. Depois levantou-se, abriu-lhe a porta e com um gesto convidou-o a sair. Na aldeia, isto soube-se, porque o pai do Manuel o contava em duas linhas com o comentário apenso: «Será Mestre, mas não tem os cinco alqueires bem medidos!» Os outros assentiam, estava-se apenas à espera de um acto incontroverso que pudesse confirmar a colectiva suspeita. Despedido pelo pai do Manuel, o Mestre voltou ao seu quarto sem pensar mais nisso, comeu as papas, arrastou o colchão para a janela e deitou-se a olhar as estrelas.

Depois vinha a Primavera feroz da Cabreira, tudo revivia ao mesmo tempo, cheirava e cantava, e ele libertava os alunos da sala e iam pelos campos quase a correr de excitação. O Mestre deixava-os à solta para observarem o que quisessem, formigas em carreiros, tocas, ninhos de víboras, arbustos renascentes, e sentando-se numa pedra, tomado de melancolia, tirava a flauta do saco e tocava uma música remota daquelas paragens, uma ária de ópera, um minuete, um largueto elevatório, cheio de desejos, e aos poucos os alunos sentavam-se à volta dele, com uma atenção redobrada àquela estranheza, sobretudo se o Mestre não lhes chamava a atenção. Os mais lentos ficavam de pé, reticentes, e ao terminar ele podia fazer um gesto à Isaura para que se aproximasse e mostrava-lhe uma consideração desusada, que a deixava suspeitosa e silente. Perguntou-lhe uma vez o que lhe interessava mais que tudo aprender, do que gostava ela, e ela sempre de olhos no chão sibilou: aranhas. «Aranhas!», exclamou o Mestre. Levantou-se, guardou a flauta, lançou-se sem demora em busca de uma teia de aranha, e se as havia àquela hora da manhã!, cintilantes nas suas gotas de orvalho. Explicou geométrica e biologicamente a construção e viu a Isaura pela primeira vez pasmada a olhar para ele, segura e enfim assente na admiração que se exigia. E até fez uma pergunta: «Como é que elas sabem, Mestre? Fazer as teias, sem serem ensinadas?» «Querias que também as aranhas fossem à escola?», ironizou. Vencendo a repugnância, tirou-lhe o gorro, de brincadeira. E decidiu-se por falar do instinto, mas logo se calou, e ficou a pensar, fazendo uma pausa longa demais para ser pausa. A Isaura aproveitou para se escapulir da situação. E os melhores, expectantes, a sentirem passar o tempo válido da explicação, quase decepcionados. Como quando o Mestre tirava os óculos e limpava as lentes na camisola, e olhava pela janela da sala de aula, a pensar, a pensar, abandonando as crianças sem trabalho. Por um acaso, um pouco mais à frente no caminho do regresso, estava um gato morto, arreganhado de frio. O Óscar apontou-o a dedo, e o Mestre achou por bem usar também aquele corpo para o ensino da Anatomia. Subiram todos ao quarto dele, apinhados em doze metros quadrados, o Mestre ferveu o gato na panela onde costumava cozer as papas, arrancou-lhe a pele e a carne, e desceram com o esqueleto em estado desconstruído. Na sala, esquecidos de tudo, da tarde primaveril que se ia perdendo sem remédio, concentraram-se até ao cair da noite a reconstruí-lo. E depuseram-no, concluído, revivificado em esqueleto eterno, como mais um troféu em cima do armário onde se alinhavam os resultados de outras experiências.

O Mestre esteve tão excitado como sempre nos dias que se seguiram, a Primavera deixava entrar a secura do Verão, estava-se quase no termo do ano escolar. Uma manhã em que a lição corria excepcionalmente bem, uma manhã de sabatina, com que os melhores deliravam, em duelos de dificuldade crescente, houve um desvio inesperado no curso das coisas. Sem nenhuma razão, o Mestre desinteressou-se dos melhores e fez recair sobre o Hermínio, como uma praga dos céus, a responsabilidade da resposta. O rapaz tremia de febre. Depois teve um ataque de tosse. O Mestre vinha de lá a passo certo, descia devagar do estrado, avançava na sala sem despegar os olhos do miúdo que, dobrado sobre si próprio, puxava do fundo os estertores. Isaura enterrou bem o gorro na cabeça e protegeu as orelhas. A vizinhança do Mestre dava-lhe arrepios. Encolheu-se na carteira, quase espalmada contra a parede que ressumava a humidade de décadas. É preciso saber que, logo a seguir, o Mestre se esqueceu de tudo isto. Foi recordando por excertos, ao longo dos dez anos que levou a reconstituir o crime. A realidade, nos acessos de raiva, aparecia-lhe por fragmentos. Via os olhos de Isaura, redondos de terror, o sorriso idiota da Gertrudes, depois o compêndio de Matemática, fechado e vão, no tampo da carteira do Hermínio. Um clarão vindo da janela, uma nuvem passageira que se tinha retirado. O próprio som tem uma nova qualidade, como se viesse do fundo de um poço. Depois vê a própria mão direita a pegar no compêndio. A bater com ele uma vez, tensamente, na cabeça do Hermínio. «Asno! O que é que tens aqui entre as orelhas?» E bateu-lhe segunda vez com o compêndio. O Hermínio levantou para ele os olhos, sufocado pela tosse, sem compreender. «Nada! É oco! Ouve lá!» E bateu-lhe com toda a força uma terceira vez. O rapaz vacilou, agarrou-se à carteira, e caiu desmaiado. O Mestre olhou-o, como morto a seus pés, um fio de sangue escorrendo do canto da boca. Pegou nele ao colo e correu para fora. Não sabia o que queria, entregá-lo a alguém, desfazer-se dele, fugir para sempre, ver-se livre de toda aquela gente. Vinha sem dar por isso a gritar por ajuda, e encontrou o pai do Manuel que deitou um olhar ao Hermínio e se pôs a insultar o Mestre de tudo o que se lembrou. Os alunos, juntos, parados a certa distância, seguiam a operação de resgate. «Tu!», gritou o pai ao Manuel, «vai chamar a Guarda!», e correu ao acaso, encosta abaixo, com o Hermínio nos braços. O Mestre, sem saber o que fazia, seguiu o Manuel durante uns metros, mas ele voltou-se para trás e enxotou-o; ele inverteu a marcha, veio a correr buscar o casaco e o bastão e desapareceu no carvalhal.

Apesar de ninguém o perseguir, o Mestre assumiu a atitude do lobo acossado, e foi à roda das aldeias, cosido nas árvores, evitando estranhos e conhecidos. Não podia apanhar o comboio, haviam de andar à sua procura. Passou no Cabeço onde não havia ninguém, estavam todos nas lides, nas leiras, ou a pastorear o gado, meteu para os Bons Ares, desceu para a Feteira ao terminar o dia. Caiu num leito desses fetos azuis que exalavam, esmagados ao peso do corpo, um cheiro avinagrado. Aí passou a noite. E no dia seguinte resolveu apanhar o comboio ali mesmo e enfrentar o que viesse. Foi depois interrogado pelo conselho disciplinar que o processou, já ele se tinha demitido de ensinar crianças. Dedicou-se a semear, a mondar, a ver florir. Por aquele grande abanão, à maneira de alguém caído na Lua, o Mestre aterrara noutra face da sua natureza, onde ensaiou um cristianismo em geral. Um frade, lógico e matemático como ele, a quem ele cursoriamente confessara as agressões, disse-lhe que seria porventura depurativo pedir perdão às vítimas. Como estava verdadeiramente preocupado com outras questões, o filósofo aceitou a sugestão e disse esperar a boa altura de cumprir. Mas o frade, diabólico, sem arredar pé, fê-lo prometer. E durante os sete anos seguintes, a promessa foi um garrotilho, a promessa feita a um amigo matemático como ele. Foi compondo, por todo esse tempo, o contexto. Arranjando como podia a contrição. Sobretudo do processo e do perjúrio. Quanto aos crimes, por intercessão da família poderosa, ficaram *ad aeternum* a aguardar juízo.

Chega à Cabreira quase à uma e meia da manhã, bate com força à porta da venda onde sabe haver um quarto de aluguer por cima da loja. O dono vem finalmente atender, ainda demora o seu tempo a reconhecê-lo, quando percebe quem ele é diz que o quarto não está livre e que se faça ao caminho sem incomodar quem lá mora. O Mestre acaba a dormir no redil das cabras, encolhido no chão gelado e repelente, onde é acordado pelo Manuel que vem buscar as bichas ao romper do dia, para as levar ao Cabeço. «Mestre!», chama o rapaz. «Você morre-me aqui, homem!» Ele põe-se de pé, alisa-se, reconhece o seu aluno, apertam as mãos. «O que é que vossemecê veio cá fazer?» E ele pergunta pelo Hermínio, pela Isaura, pela Gertrudes. O Manuel foi entretanto puxando a cabra que estava mais à mão, desprendeu da cinta a caneca de esmalte e ordenha uma medida de leite. O Mestre vence a repugnância pelo leite quente saído do corpo do animal, bebe de um trago, faz uma festa na cabeça do Manuel, já ele se apressa a reunir as cabras para a subida.

Segue para casa dos pais do Hermínio, sentados a tomar o desjejum, e vê pelo janelo o ex-aluno levantar-se e vir à porta. Sem surpresa, o Hermínio convida-o a entrar, oferece-lhe pão e café. O Mestre compreende que ele tem agora completo domínio sobre os pais. Abertamente tuberculoso, convertido em piedoso acólito na esperança de uma salvação carnal improvável, o Hermínio cumpre o pretendido e de mão no peito, numa vozinha quase extinta, oferece de mão beijada ao Mestre um perdão que nada vale.

A Isaura não. Iam a sair para a leira, o pai, a mãe muito alquebrada e os cinco filhos, estacando todos ao mesmo tempo à visão do antigo Mestre envelhecido, amarfanhado, um olhar de paredes meias com o desvario. Encaram-no com revulsão assim que o reconhecem. Ele demora-se a avaliar a metamorfose mínima da Isaura, uma acentuação do fácies selvático, o cabelo negro em cerda, espetado, escondendo mal as orelhas de abano; botara corpo, embora só na metade superior. O pai disse aos miúdos que fossem andando e aceitou entrar de novo em casa com a mulher e a filha. O Mestre mal dissimulava a repugnância. Deixou-se ficar de pé, humildemente, e quis saber como estava Isaura. Ela não respondia, sentada entre o pai e a mãe no banquinho de três pés, curvada para a frente, a olhar o tamanco com que esgaravatava o chão de terra batida. O Mestre avançou para a rememoração do passado, cruel para ambos, e pediu perdão por tê-la agredido, arrastado pelas orelhas, puxado pelos cabelos. Não ofereceu explicação para isto. A Isaura levou sem querer a mão à orelha, resmungou: «Pois, pois!» O Mestre cortou cerce, não valia a pena insistir. Os três quartos de besta que outrora a compunham haviam tomado o que restava: Isaura era incapaz de conceber crime e perdão. Eram fatalidades do passado, ocorrências, teias tecidas. Mas o olhar de ressentimento que num lampejo o Mestre lhe reconheceu plantou nele a sombra da dúvida. Não chegou a tomar corpo. Nele não havia contrição e a humildade era postiça. Ainda perguntou pela Gertrudes. Tinha casado e mudado para a cidade. Registou o perdão do Hermínio como uma meia vitória, a visita a Isaura como um meio fracasso de que não tinha culpa.

Pôs-se a subir e a descer montes e vales, até acabar por cair na Feteira, já a noite clareava. Caminheiro sempre fora, enquanto ia pensando. Não cansava. Era uma cratera imensa, bem casada com a outra metade do abaulado celeste. E ali ficou sozinho a respirar o cheiro dos fetos, já esquecido do episódio, debaixo das estrelas do firmamento, que desmaiavam rolando eternamente sobre si próprias.

X
O VELHO SENHOR

Quando, ao fim da tarde, ele vestia o sobretudo, punha o chapéu e começava a dirigir-se para a porta, a conversa seguia invariavelmente estas linhas: Para onde é que o pai pensa que vai a esta hora? O que é que tu tens a ver com isso? Pode acontecer alguma coisa e eu quero saber onde é que o pai está. Ele, carrancudo: Mas é para quê? É para ires recolher o cadáver? Ela levantava-se do sofá, tirava-lhe o chapéu com jeitinho como se a cabeça dele fosse sagrada e pudesse explodir a qualquer momento, e tentava convencê-lo de que não havia sítio aonde ele quisesse ir àquela hora. Para ela era importante conseguir sentá-lo no sofá, porque discutindo de pé, à porta, ou noutra dependência, ele ganhava sempre. Achou que seria em virtude da diferença de alturas, porque era um homem alto e direito e ela, apesar de nunca ter passado do metro e sessenta e dois, ainda por cima tinha tendência a encarquilhar nas pontas, como as folhas dos livros. Umas vezes conseguia, com artifícios e malabarismos, outras, tinha mesmo de o deixar ir, porque ele enfurecia-se, mas és minha filha, ou és minha mãe, já a formiga tem catarro? E outras expressões antigas que por qualquer razão a faziam diminuir para os seis anos de idade e lhe paralisavam a acção e o entendimento. Saía e batia com a porta, sempre foste uma chata, Maria dos Remédios, desde miúda que és uma chata, a tua mãe tinha razão. E ela ficava para trás à espera de notícias.

A mãe morrera num acesso de extrema discrição. Retirara-se por partes para um silêncio todo feito de modéstia, contíguo a uma etapa em que a sua única frase tinha sido, *não me lembro, não sei, já não sei nada*. Depois retirara o olhar, vagueando com ele sem pousar em coisa material, de um momento para o outro ausentou-se o espírito, poucos dias depois o corpo deu de si, à noite, no sono, talvez pelo ressentimento de se encontrar subitamente abandonado. A Remédios mudara-se para organizar, limpar e tomar conta do pai, que não se opôs, mas tornou claro que a coabitação não teria sido a sua primeira escolha. Todas as semanas ela lançava a ideia de poder regressar à sua própria casa, ele encorajava, mas ela deixava-se ficar, havia sempre armários, arrumações a fazer, remédios a comprar, quando voltava do trabalho no escritório. Os fins-de-semana eram para as prateleiras de cima, recensear as prendas que tinham ficado esquecidas, ainda nos papéis de embrulho e laçarotes, a roupa que não servia, frascos de perfume, itens sem regra, de valor misterioso, e álbuns de fotografias que nada diziam sobre a vida dos retratados, excepto que tinham casado, baptizado filhos, ido uma vez por outra a jantares de amigos, noitadas que ficavam para sempre pregadas entre os quatro cantos do autocolante. Ela própria tinha lugar de privilégio, como filha única, e lá estava a ser baptizada, a tomar o banho em bebé, a fazer carinhos à mãe, ao colo de múltiplos avós, na primeira comunhão, na bata da primeira classe, e depois mais espaçadamente, quando como filha, ainda que única, já tinha perdido a novidade, no Natal com as bonecas novas e nas férias, na quinta com animais diversos, enquanto teve idade para ser engraçada. Ela bem queria organizar esses álbuns, fazer uma selecção, e via-se que a mãe, antes dela, comungara do mesmo esforço, mas os casamentos e baptizados, primeiras comunhões e Natais, lá para o fim das folhas do álbum, andavam soltos e rebeldes, pela imensa proliferação das gerações e dos familiares e amigos que, tendo eles próprios casado e tido filhos, enviavam as fotografias desses mesmos filhos a serem baptizados e a passarem de classe e alguns até a comungarem a primeira comunhão, de véu branco e língua decorosamente a meia haste. Por vezes apareciam sítios não identificados, uma cascata rochosa caindo do alto a preto e branco ou um grupo de homens junto a um elefante morto. E ela ia perguntar ao pai, satisfeita por encontrar outro tema de conversa que não o das suas liberdades, o que fazia ali aquela imagem, e quem eram aqueles homens; ao que ele respondia, encolhendo os ombros, que eram coisas da mãe, acrescentando, em enigma póstumo: «ela é que era muito dada aos elefantes». Deixando Maria dos Remédios perplexa, sem saber como integrar na mãe aquela ideia nova.

    A vida pôde ser assim durante um tempo. Mas ao fim desse tempo, tornou-se impossível a espera de notícias. E ela, sabendo demais, na ideia fixa dos perigos que ele corria, não conseguia ter paz. Um dia o velho senhor perdeu a chave do carro, ligou à filha a pedir a cópia que estava em casa, ela saiu a correr do escritório, espalhafatosa, como se lhe tivesse morrido alguém, e apareceu-lhe destemperada, a tremer. Os amigos da idade dela que rondava agora os sessenta, já lhe tinham dito, *tem cuidado, ele vai começar a esquecer-se de tudo, e a ligar-te a qualquer hora do dia ou da noite, os velhos não têm horas, e vai começar a cair*, começar a cair era o princípio do fim; na semana seguinte ele perdeu o carro, contou-lho depois num sorriso incrédulo, *vê lá tu, saí do sítio onde vou almoçar todos os dias e não me lembrava onde tinha posto o carro; isto às vezes acontece, mas eu lembro-me logo, mas desta vez não me lembrava mesmo*. E ela, em vez de se rir e de lhe dizer que também estava sempre a perder coisas e a esquecer-se de coisas, teve medo de que ele morresse e nesse medo gritou-lhe que era insuportável o estado em que ela andava e que o internava num lar para ver se conseguia ter alguma paz de espírito. E ele, calmo, procurando acalmá-la, contou o fim do incidente, que não tivera qualquer importância, porque passara, entretanto, um amigo que o levara a casa – e lá estava o carro, à porta. Nesse dia, como em tantos outros, tinha ido a pé. Mesmo assim, cheia de vergonha pelo desabafo, de lágrimas nos olhos, ela garantiu-lhe que ele não podia ficar sozinho, não podia, ela não aguentava, e se ele caísse? Se ele caísse?

– Caí – disse o velho senhor.

– Pode ter um enfarte, pode…

– Pois posso – disse o pai.

Ficou tratada a questão do lar. Ele nunca sairia de casa dele. *Tenho a minha vida*, disse-lhe, *não te metas, deixa-me fazer o que me apetecer, nunca ninguém me disse o que fazer, nem os meus pais, coitados, saí de casa aos dezasseis anos para trabalhar e estudar, era o que mais faltava agora vir a doutora Rebiteza dizer-me o que fazer.* Seguia-se a discussão do costume e ela exaltava-se, *depois a culpa é minha, que não trato de si como devo,* e ele punha o chapéu e saía para o ensaio do coro. Mas acabou por ser ele a pô-la fora de casa *porque os velhos,* disse, *já não têm muita paciência.*

Era admirável no seu apego à rotina. Despachara a aventura até aos quarenta e cinco anos, depois, já reformado, quando a mulher saía para as suas viagens de longo curso, ficava em casa a desenhar no mapa o percurso dela, de Nova Deli a Goa, de Macau a Pequim, e passava um bom bocado a procurar nos atlas os relevos e as depressões que lhe haviam de sair ao caminho. Comia uma refeição leve e ia para o ensaio do coro. Ainda era um barítono fresco, tinha a vaidade de se privar de leite e chocolate para não afectar o canto. Conseguia pontualmente chegar às alturas de um tenor, mas a idade levara-o ao aconchego realista dos graves. Era um irredutível do aquecimento da voz, que para ele era sempre pouco. Sabia de cor missas e paixões, espirituais, milongas. Há trinta anos que o repertório estabilizara numa ideia reduzida das possibilidades das vozes que envelheciam sem perderem nenhum do seu garbo. O que se falhava em afinação ganhava-se em júbilo e zelo agudo. Para o ouvinte, e sobretudo para o Maestro que continuava a ter aspirações, o ensaio comportava sempre alguma desilusão, como em todos os confrontos com uma realidade enredada.

Aconteceu, entretanto, à própria filha, uma queda grave. Uma queda escorregada na esquina de um passeio pouco familiar, uma espera de muitas horas num hospital agreste, dores, ânsias, o comum horror. O pai vinha vê-la nas horas da visita, trazia-lhe um mil-folhas, conversavam como velhos amigos. Uma vez apenas sobressaltou-a ao perguntar, olhando pela janela, com os óculos cheios dos reflexos do poente: *Mas onde é que foi a tua mãe desta vez, que nunca mais volta?* Mesmo assim, recuperando em casa, passando as tardes a ler na varanda de perna levantada, a Maria dos Remédios ainda teve de testemunhar outro prenúncio, antes de se decidir dentro dela o futuro. Era uma tarde sem história, amena, o livro um desses amigos da primeira juventude a que se volta como se nunca se tivesse interrompido a leitura, depois veio a sirene da ambulância, apareceram as bombeiras, e pouco depois, estremecendo pela calçada, moribundo, sentado em cima de uma garrafa de oxigénio, partia um vizinho anódino, o senhor Fernando, que fora *in illo tempore* guarda-redes da Académica. Ia ligado à garrafa por umas correias de couro, como um chouriço, sem um protesto, nem contra a calçada portuguesa, nem contra o final do campeonato, nem contra a bombeira que o sacudia sem piedade.

E assim como há quem se transforme de aventureiro em paciente sedentário de sofá, ou se encha de brios aos oitenta e decida escalar os picos da Europa, Maria dos Remédios aceitou a liberdade do seu pai. Ficou gizado o plano que o levava a Lisboa. Tinha de ser rigoroso e tinha de ser discreto. O Pina passava a buscá-lo e despedia-se um pouco antes da estação. Ligava ao Lemos, que o apanhava como que por acaso à entrada e o sentava, em conversa de circunstância, no lugar, à janela, do lado do mar, como ele gostava. Enxotava os adolescentes, se o tivessem ocupado, e seguia para outra carruagem, trocando antes uns olhares com o Pires que tinha por função garantir que ele não saísse por engano antes do termo da viagem. E à chegada, o Pina, o Pires e o Lemos seguiam-no à distância, enquanto ele marchava lesto pelos passeios, subindo zonas de multidão até à Sé. Aí, num terceiro andar pombalino, de janelas altas e paredes escalavradas, espalhavam-se os grupos por afinidades. O maestro ia para a sua posição, os grupos desfaziam as afinidades e afinavam por naipes. Ele começava o ensaio na fila de trás mas, sem saber como, acabava na fila da frente. Não tinham explicação para isso. Mas talvez o coro rodasse sobre si mesmo, ou os outros barítonos gostassem de manter discretas conversas à retaguarda. A Remédios seguia de perto as manobras, desde a porta de casa ao regresso à mesma porta, no localizador do GPS. Mas cedo se esqueceu de o fazer. Confiava nos amigos que, no ensaio, se revezavam a enviar-lhe mensagem escrita: *Por aqui tudo ok. Sem história.* E cantavam.

Mas a morte foi ceifando, uma a uma, tais vergônteas solidárias e deixou lacunas no canto coral. Primeiro foi o Lemos, de doença rápida, e o Pina, de rápida doença. O Pires aguentou firme enquanto pôde, mas também a morte veio por ele em certa altura. Não conseguiu recusar, embora tivesse um neto a caminho, que ele queria muito conhecer. Mas a morte, obstinada como é, rapou-lhe a força e deixou-o exangue. Não teve outro remédio senão ir-se. A partir do Outono, embravecia o mar em certo troço do caminho, que o velho senhor esperava numa exaltação contida. Batia a onda contra os costados do comboio, espirravam salpicos de espuma pela janela entreaberta. Aquilo, para ele, era a viagem. Sentava-se no seu lugar, umas vezes como si próprio, outras na forma de fantasma de si próprio. Sabia que atrás dele estava o Pires, e que à frente, na primeira carruagem, ouvindo distraidamente o Pina que nunca se calava, o Lemos enviava à Maria dos Remédios a mensagem do sossego.

XI
PATRIMÓNIO

Na Primavera dos seus quarenta e um anos, saindo de um duche frio, Félix teve a consciência de que nunca por nunca viria a ser rico. A nitidez, quase de alucinação, pode ter vindo do choque térmico, ou da fome danada com que sempre acordava. Secando-se depressa calculou que o esperavam anos e anos de contas e acertos, dívidas pequenas que iam transitando de mês a mês, mudando, na melhor das hipóteses, a intensidade com que as sentia. Iria ser assim, um espernear pela vida fora para manter a cabeça acima da linha de água. Os pais morreram-lhe na infância, não ficou herança, não podia contar com nada, excepto o milagre. Que se deu, pela graça de um acaso da sorte, uma oportunidade que levou a outras, produzindo mais-valias – tornando Félix num proprietário com algum alcance. Viu-se primeiro com duas casas, depois com quatro, e logo a multiplicar e a elevar-se em progressão geométrica a *lofts* e palacetes com jardim no centro das cidades de província, por fim, das capitais do reino, espalhando o seu estro imobiliário por extensões a perder de vista.

Ele que sempre calculara nada ter, perdia-se nos cálculos, agora que orbitava nos milhões. Se calhava pensar na morte, custava-lhe saber que perderia tudo. Estaria morto, isso ele sabia, mas, mesmo assim, não havia de doer menos.

Altura de falar dos filhos. Eram quatro, que lá iam, como dizia a mãe na contramão de algum debate, fazendo o seu caminho. A prole, três rapazes e uma rapariga, a quem o pai propunha o exemplo de determinação e zelo, demorou a tomar forma. Enquanto adolescentes, instados pelo tal exemplo, dividiram-se por ocupações sazonais e experiências caras, com ideias de negócio, umas visivelmente mais abstrusas que as anteriores. Mas à medida que iam atingindo uma maioridade teórica, pareciam perder-se, patinhando mocidade adentro, ora agarrados a ilusões de sucesso, ora caídos em apatias demoradas, dando ao espectador a inquietação de um futuro que não se decidia. A mãe pedia paciência, o pai impacientava-se. A rapariga ia estudando, sem vigor, Psicologia. Que rapariga ostensivamente pasmada! Arrastava-se, protelava, tergiversava, primeiro fazia três cadeiras por ano, depois duas, o pai via-a paulatinamente mais espessa, mais sentada, a perder a forma, a sucumbir à inércia. Mesmo a involução nela se dava lentamente. Breve seria, temia Félix, não mais que mancha no sofá. Ele enervava-se, a energia empreendedora passava a agressão reprimida. Saía que nem um foguete para administrar propriedades, para demolir, renovar, destruir, restaurar, dos muros aos frescos dos palácios. Considerara uma preleção antes de sair, mas de que servia? Tentara o modo brando, tentara o modo ameaçador, tentara o modo de chantagem. A nada a besta respondia.

Mas algures dentro dela, nem que fosse na vesícula, nem que fosse no baço, a Ana Sofia havia de saber que pelo andar inexorável do tempo e da História, pelo menos um quinhão das contas e das quintas seria dela. Saber isso retirava-lhe o desejo de se levantar do sofá. Via o pai afadigar-se, acorrendo de um a outro, comprando, vendendo, trocando, acumulando, entesourando. O incómodo exibicionista de todo esse afã! Ana Sofia buscou uma especialidade que pudesse praticar sentada, escolheu tratar das unhas. «É boa menina», garantia a mãe. «Não tem um pingo de maldade dentro dela.»

O segundo filho, Estevão, para se distinguir dos outros, ficara na periferia do pai, que lhe deu trabalho nos múltiplos estaleiros. Nas reuniões, mostrava-se interessado nas colegas e nas aplicações do telemóvel, e acabava por tomar as ordens do pai como vagas instruções de que apanhava ponta aqui e ponta ali, confundindo depois *in loco* pedreiros e canalizadores. Operários estes que tinham o bom senso de contactar o progenitor para tirar as dúvidas, olhando Estevão com o misto clássico de superioridade e bonomia. Procurando dissimular a falta de talento para a vida prática, Estevão quis ir estudar Gestão em Londres. Reconhecendo no seu coração que mais valia chegar à porta do escritório e atirar o dinheiro vivo para a rua, Félix deu por perdida aquela parte da fortuna e acedeu ao queixume de Sónia: «Félix, é teu filho!» Estevão foi desfrutar para Londres, com uma mesada mediana, que lhe permitia não ser estranho à maioria dos subgrupos sociais e exercer alguma discriminação nos consumos. Também lhe permitia manter a relação filial num patamar de urgências, pedindo na constância do amor o reforço da mesada. Por lá ficou, lealmente, sempre nos prolegómenos de um mestrado.

O primeiro filho, Félix Júnior, depois de uma discussão quase fatal com o pai, enchera-se de brio e enveredara abertamente por uma vida de crime na zona cinzenta do colarinho branco. Algo com *bitcoins* e angariação de investidores, mas também podia ser fraude informática ou uma das muitas espécies de tráfico à disposição. O pai não sabe pormenores, como provavelmente ninguém saberá, excepto talvez um dia a Polícia Judiciária. O certo é que aos vinte e sete anos o morgado é autónomo e Félix vê nele o seu próprio génio para a finança. Conheceu apenas, por engano, um dos seus amigos, um *dandy* bem recortado, que lhe fez confidências ou delações ou uma infâmia, apontando, o velhaco, aspectos mais sombrios da vida particular do filho. Júnior tem devoção pela mãe, mandou tatuar o seu nome no antebraço no fundo de um coração a negro, e detesta ostensivamente o pai, a quem trata por *senil sénior*, nas pouquíssimas reuniões de família a que assiste. Digo *assiste* e não *participa*. Júnior é de uma reserva que mete medo. Sénior mantém a distância, oferecendo-lhe vinhos discriminados e patês, a conselho de Sónia, «compra-lhe coisas que não o comprometam e não dêem chatices de trocas para ele não ter de andar por aí a ser visto». A princípio, à chegada da riqueza nova, tinham enchido de mimos os filhos. Os carros, as motos a seco e de água, todos sem excepção ou acabados na valeta ou vendidos a peso para o ferro-velho ou esquecidos por celeiros e armazéns. Um desses carros ia reclamando a vida do terceiro filho, Armando, adepto de uma velocidade que pudesse imitar a do seu próprio pensamento. A vida secreta do filho terceiro dava azo a múltiplas fantasias do pai. Ora seria uma espécie de traficante cruzado de gigolô, ora gigolô cruzado de traficante, ele vivia com maços de notas nos bolsos das calças, à antiga, e ao espelho, mirando-se e arranjando-se. Tinha uma fixação no cabelo, no seu próprio e no da mãe e da irmã, que comentava com artes de perito. Passava temporadas em casa deitado na cama e temporadas fora de casa, sobre as quais nada dizia. Mas quando, de facto, se levantava e acedia a sair do quarto, o seu espírito exuberante e encantador inundava os pais de uma admiração terna. Orgulhavam-se da sua verve, da sua agilidade mental, inesperada num rapaz que passava tanto tempo em decúbito dorsal. *Eu dirijo o negócio da cama*, e, paternal, para o pai, *hás-de experimentar*. Aquele seu sorriso era um elixir contra a apatia da casa, o silêncio só adoçado pelo ronco da máquina da piscina, catando-lhe as impurezas. A casa sozinha em si mesma, como uma estação espacial. E o espaço vazio no interior, tantos metros quadrados de soalho sem nada, que à partida fora atractivo para Sónia, tornara-se primeiro um desafio, depois uma preocupação e, enquanto não desistiu de o decorar, uma fonte de permanente sensação de fracasso. Era renitente, esse interior, não se rendia, parecia ter vontade própria, de tal maneira que por mais sofás e recantos e mesinhas com tacinhas, candeeiros e televisões que Sónia lhe comprasse, ele não encolhia, não se tornava habitável. Ela deambulava pelos salões descomunais de *peignoir* e chinelinhas o dia todo, com uma empregada do Leste de crista e avental um passo atrás, verificando as simetrias e ajustando as marcações. Uma perna, de mesa, de cadeira, fora do sítio, intrigavam-na, davam-lhe assunto para um dia inteiro. Se fora na limpeza, havia lugar a censura e a lição, se não fora na limpeza, como fora? Os móveis não se movem por si próprios! A verdade é que acabou por colar ao chão tudo o que podia ser colado, no intuito de se poupar ao menos aquele agravo. Não podendo colar ao chão os filhos, tratava-os com mordomias que a mais ninguém concedia. Encontrava sempre razões que os justificavam. E se Félix, num assomo de irritação, trazia à conversa a inépcia inerte de Ana Sofia, e se fixava na questão das unhas, Sónia sublimava-se em comentários quasi-filosóficos sobre aquela forma de expressão artística. E tinha razão ela, o instinto dizia-lhe a verdade. Ana Sofia tinha nas unhas o seu bem mais querido, o seu tesouro. Sendo postiças eram, no entanto, a revelação do que de mais verdadeiro havia em si. Imaginava, trajando o sóbrio negro de marca nobre, que as mãos dela nada eram sem o vermelho-vivo das unhas. Que podia tornar-se negro de breu, verde fosforescente, quadriculado, axadrezado, imitação de pintura renascentista. Quando falava, e falava muito pouco e muito alto, Ana Sofia adiantava as mãos sapudas, com dois ou três anéis que valiam outros tantos imóveis, e ali as deixava, girando no ar as unhas como um hipnotista, para que fossem vistas de todos os seus ângulos. Não tendo por assim dizer humores, punha a sua vivência naquela expressão. Mandava chamar a casa as manicuras. Conhecia várias, e cada uma era especial. Sónia partilhava a paixão da filha, e o que dizia da filha, dizia também de si própria. Era um mundo que Félix não podia entender. No escritório vivia rodeado de esperteza, velocidade, vigilância e competência. Uma matilha de jovens lobos e lobas com os olhos bem abertos para o negócio competia para lhe trazer, abocanhada e exangue, a presa mais recente. Era um T1 em Marvila com potencialidades, era um palacete derrocado em Xabregas, ou no fim do Alentejo. Ele atiçava-os com os bónus e lá iam a farejar por Portugal inteiro.

Por fim também Ana Sofia se foi, dando razão à mãe que finalmente via cumprida, contra sua vontade, pelo menos uma etapa do caminho que a filha ia fazendo. Quisera uma *penthouse*, coisa de telenovela, o pai adiantara uma parte da herança. Presenças constantes numa ou noutra parte da casa comum, uma vez expelidos, nunca mais havia notícia destes jovens. Tinham de ser perseguidos e caçados em breves telefonemas, depois de um persistente envio de mensagens escritas. Júnior nunca atendia, era ele que ligava à mãe, e passavam os dois uma bela hora na conversa. O pai queria saber do que falavam. De nada, disto e daquilo.

Num dia de lazer, domingo à tarde, em que os negócios estavam parados, Félix resolveu dar uma vista de olhos nas contas e percebeu que, por todas as bitolas, tinha uma fortuna muito considerável e chegava, agarrado a ela, aos oitenta e dois anos. Mesmo sabendo que o futuro *post mortem* era impossível de prever, não se coibia de o programar. Na última década fora mudando para casas cada vez maiores, numa fantasia de patriarca tribal, à medida que os filhos iam desocupando os quartos. E se eram imensos! Imensos os escritórios, as salas, os quartos de vestir, a sala de cinema, cada vez mais extensos os relvados, as piscinas, as palmeiras cada vez mais erectas, os gastos cada vez mais volumosos, como se devia. E ele, ao serão, sentado com a Sónia a um canto do salão, nas poucas ocasiões em que estavam juntos, imaginava, com jovialidade forçada, o que seria *o filho perfeito*, acumulando o despachadíssimo empreendedorismo e o génio financeiro de Júnior, a capacidade de viver no ideal do Estevão, a alegria e vitalidade do Armando e a frieza da Ana Sofia: esse, sim, levaria todos os projectos a bom porto. Assim fragmentados, cada um com sua qualidade que espelhava este ou aquele atributo do pai, e as unhas da mãe, Félix não percebia como haviam de lidar, ao seu desaparecimento, com a responsabilidade da fortuna que deixava. Desaparecidos ao lusco-fusco os jovens lobos, na mira de outro qualquer prazer ou devoção, surpreendia-se a pensar nos seus tesouros. Já não eram só as contas, eram as casas. As casas mais belas, de que não conseguira separar-se depois de restauradas. E uma ou outra colecção de Arte, comprada ao desespero de algum velho, ou à impaciência de algum jovem herdeiro, por tuta e meia. Uma colecção de gravuras do século XVIII que o surpreendera, pela comoção com que primeiro a folheara. A descoberta dessa comoção, agora que sabia dever separar-se forçosamente de tudo um dia. Breve ou remoto, era-lhe indiferente. Separar-se do grande livro das gravuras e das casas em que ele imaginara viver, ou porque tivessem uma luz singular, ou porque, num recanto acolhedor, julgara poder incluir um cadeirão e ter algum sossego. Eram os bens que mereciam, pela sua beleza, pelo trabalho que essa beleza comportava, contemplação, atenção e cuidados. E a decepção que sentia pela qualidade da sucessão era grave, pesando-lhe, desanimadora. Tinha cada vez mais dificuldade em regressar ao velho Félix, em cada nova manhã que lhe cantava à janela, a tremeluzir, a excitação de uma nova oportunidade. Vendo-o ainda na cama às oito e meia da manhã, Sónia sugeriu-lhe um médico, ele decidiu-se por um advogado. Não quis o da firma, esse terrível cão dos tribunais, velha raposa, macaco velho, predicados que o tinham eleito rei dos processos civis. Procurou um condiscípulo que há muito não via, um companheiro de carteira da quarta classe, o Cipriano da Rosa, jurídico discreto, experiente e amigo da concórdia. Era um terceiro andar na Baixa de Lisboa, ia-se a pé por umas escadas largas de bom subir e que não eram enceradas desde finais do século XIX. Félix usava no Cipriano a sua reserva de boa vontade. Com ele, era outra vez o miúdo com dificuldades várias e um bom chuto no pé esquerdo. O advogado, ao contrário, deixava crescer uma barba imaginária e era o rapaz dois anos mais velho a quem Félix sempre recorrera para os problemas pessoais. E se havia problema pessoal era este da herança que devia ou não devia deixar aos filhos e como e quanto. Cipriano da Rosa, que ele não via há mais de dez anos, revelou-se mais uma vez o amigo polivalente, conhecedor da lei e da sua História, filósofo moral, médico e psicólogo, aceitando de imediato a encomenda do processo. «Processo?», perguntou Félix. «Vai haver processo, Félix, e não será nem breve, nem gratificante, a não ser, talvez, para mim. O mais provável é não haver um término para ele. Será talvez um processo até à morte.» Félix sobressaltou-se, disse que apenas queria fazer o testamento. Cipriano assentiu, depois negou, chegou-se à frente, olhou-o a direito e falou com intenção redobrada: «Vamos hoje iniciar um processo que reforçará por uns tempos apenas o teu desconsolo e a nossa frustração. Investimos na obra tudo o que somos, e quando investimos tudo o que somos, meu amigo, não sobra nada. Estás a contar com o que irá acontecer, mas na verdade não sabes o que irá acontecer. A única coisa que talvez saibamos com segurança é que virás ver-me uma hora todas as semanas. E vamos conversando.» Contra todas as expectativas, Félix saiu satisfeito da sessão truncada. Tinha finalmente alguém com quem partilhar um segredo anormal, repugnante, um amor que se exprimia, desajeitadamente, pela suspeita e pela rejeição. «Vamos lá começar pelo princípio», disse Cipriano na primeira consulta. «Não podes deserdar os filhos, ponto final.» «Eles vão abandonar tudo aquilo para que trabalhei.» «É possível e é lá com eles. Da tua parte, dois cursos de acção: ou lhes deixas o que a lei estipula *stricto sensu*, e depois se vê o que fazer ao resto do património, ou prescreves condições de acesso aos bens, num testamento que seja a um tempo legal e educativo. Em tempos remotos», continuou Cipriano da Rosa, «dava-se muita importância ao testamento, ou porque o testador tivesse muito, ou porque tivesse pouco, portanto, de maior valor estimativo. A sociedade era outra, o patriarca achava-se no direito de impor, no testamento, o curso de vida aos beneficiários. Ou ficava interdito o casamento com certa pessoa, ou antes de certa data, ou não usaria bigode, ou não havia de tocar nos vinhos, ou converter-se-ia a certa variedade de religião, ou tinha de emigrar uns anos para uma terra inóspita ou participar numa cruzada qualquer a favor disto ou contra aquilo. Enfim, o testador ia moldando os herdeiros à sua vontade, e se os achava de pouca confiança, deserdava-os. Agora não, há outra visão das coisas.» «Não estaria mal pensado, mas é como dizes, os tempos são outros. Mas posso fazê-lo?» «Sim, neste primeiríssimo momento do processo, tentarás por meios que depois veremos, que os teus filhos sejam aquilo que tu querias que eles fossem em vida e que não tendo tu conseguido em vida, talvez consigas investindo na manipulação *post mortem*.» Félix sentiu-se à vontade para se queixar dos filhos, um era um criminoso inveterado, outro um idiota encartado, o terceiro um desgraçado imoral e a rapariga nem isso, nem nada, e Cipriano ouviu tudo sem mexer uma sobrancelha. Félix pensou que já tinha dito demais, mas o amigo compreendeu, comentou apenas que «talvez» – talvez era a sua palavra de eleição – ele não conhecesse assim tão bem os filhos. Félix assentiu, usou também o «talvez»: «talvez tenhas razão». «Se for assim, se o Júnior tiver enveredado por, enfim, algo de menos canónico, se achares indigno o comportamento do Armando, pois há uma figura na lei que te acomoda, e podes deserdar ambos por indignidade.» O Félix ia saltando da cadeira. «Nunca», disse, «indignos, os meus filhos? Mas que ideia é essa? Rapazes, ainda jovens, com direito ao seu quinhão de asneira! Agora, indignos?» O Cipriano assentiu. «A lei é brutal», disse, «sobretudo no que toca aos bens materiais.» O que realmente preocupava Félix era o legado sem critério. O dinheiro das contas, sim, podia ser dividido. Mas dar quintas a quem detestava o prédio rústico? A casa era pessoal, era uma dádiva do amor familiar, uma garantia de continuidade na pedra, o dinheiro é que tornava tudo igual. Ou tudo o que ele renovara e restaurara com amor, na sua maravilha – a quinta da Capelinha, o monte da Mariazinha, a granja de Nossa Senhora disto ou daquilo – iria calhar de andolitá a um ou a outro? Tudo envenenado dos danos do conflito e da má vontade... e os filhos iriam necessariamente desentender-se... Liquidar tudo à pressa! Cipriano ouvia. «Seria terrível, não te parece?, ficar o património ao abandono por falta de coragem, de rédea no futuro. Deixá-los arrastar o processo das partilhas pelos tribunais anos e anos, até enfim venderem tudo ao desbarato para dividirem sem critério uma liquidez impessoal...» Cipriano assentiu, não quis denunciar a defesa do amigo, mas atalhou cerce; não havia nada de mais contrário ao processo que deixar Félix cair na vertigem do queixume, da repetição da mesma história; a embrulhar-se, agitando-se, preso no seu capricho de geronte. Deu rumo ao desespero dele: «Mais uma razão para tentares conhecer melhor os teus herdeiros, a ver o que mais convém a cada um. Assim fica claro o testamento. E casas é algo de que, mais cedo ou mais tarde, toda a gente precisa.» «Vão vender tudo ao desbarato», insistia, «por despeito, Cipriano! Por vingança, tudo o que eu mais amo será deitado ao lixo, destruído.» «Exageras!» «Aquilo que vejo deles não me sossega. Pelo contrário.» Ouvia-se distintamente o nó na garganta do testador. Cipriano calou-se, por respeito à angústia do amigo. «Sim», disse ele, «compreendo que te sintas desiludido, mas olha que há surpresas. Eles ainda são muito novos.» «Já não são assim tão novos, eu aos doze anos...» Cipriano levantou a mão, pediu sobriedade e Félix encolheu a analogia. E, para o animar, propôs: «Que tal um Fundo? Nomeá-los administradores dos fundos legados é deixar-lhes um modo de vida, reduzi-los de certa forma ao que tu queres deles, que continuem pelo menos a manutenção da obra...» E triste, Félix, intransigente: «Nunca foi esse o meu exemplo. Disse-lhes sempre que nunca devem deixar passar uma boa oportunidade de negócio. A minha lição é vender tudo com o máximo proveito! O dinheiro serve para fazer dinheiro.» Cipriano negou, fazia melhor ideia dele. Disse-lhe que estava a ser demasiado vingativo consigo próprio. Mas que chegavam a um paradoxo, e os paradoxos são difíceis de sofrer. Magoam, mas não se percebe logo onde. Se na premissa, se na conclusão. E quando pensamos que nos livrámos deles, reaparecem-nos pimpões na curva do caminho. «Tu queres manter os teus bens nas pessoas dos teus filhos, mas em virtude da tua pessoa, e não das deles. Queres apropriar-te não só dos teus bens, mas dos bens que eles de ti herdaram. Que, sendo teus, não te pertencem. Ou seja, queres estar morto, mas vivo. Presente e actuante, mas ausente e inactivo. O testamento é um acto que te mostra a tua própria destruição, e nessa destruição te glorifica, vivendo tu noutros enquanto defunto vivo. Mas...», disse Cipriano, «Mas?», perguntou Félix, «Mas o amor é imaterial, de maneira que aí temos matéria e espírito, duas naturezas em conflito.»

Começou o Félix, entretanto, a afectar termos como *senectude* ou *verbatim* e *tollitur quaestio*, que chegava a usar duas vezes no mesmo dia, uma vez no escritório, fazendo virar cabeças, outra em casa, inquietando a Sónia. Esses termos, no entanto, davam a Félix confiança e segurança para continuar o processo. Via-as a itálico quando as dizia, destacadas do fundo, criando relevo na imagem. Um dos jovens lobos, interrogando Félix como quem não quer a coisa, percebeu que o espírito do homem vivia uma fase testadora. Filho de advogado, Lobo quis avaliar as suas hipóteses de beber também daquela fonte. Trabalhou na hipótese, para começo de vida não estaria mal. Abalançou-se Lobo ao hipotético hereditário, pouco durou a ilusão, Félix já confundia interesse com amor, e direito com interesse, e amor com direito e com interesse. Se dele se aproximassem com admiração pela obra feita, e deliberação de mantê-la viva, continuá-la, demitia-os por interesseiros. Se lhe mostravam amor desinteressado, carpia-se do abandono dela. Ele não sabia o que era, aquele pensamento terminal, seria medo, seria sede de vingança? «Fazes-me pensar», disse o Cipriano numa das consultas, «nesses loucos bilionários que legam os bens ao cão, ao indómito felino, aos bombeiros ou a alguma associação obscura de lazer ou caridade. E isto tendo herdeiros perfeitamente constitucionais.» A sessão terminou. Ficou deliberado que Félix tentaria uma nova aproximação aos filhos, para os conhecer melhor, e elaborar a herança com um critério mais certeiro. Se algum deles mencionasse tal bem, podia concluir que era porque lhe interessava, e ia para o rol sem mais perguntas. Convocou uma primeira ronda de visitas pelas propriedades, o Júnior não apareceu e o Armando enjoou na viagem e ficou no carro. Passeando pelo corredor do restauradíssimo palacete barroco com Ana Sofia, Félix disse: «Mas tu olhas-me para os rodapés e não reparas na beleza destes tectos, meu amor?» Ela tinha uma opinião. «Isto assim não se vende. Nem sequer tem pré-instalação de ar condicionado. Quem é que pode viver nestes salões gelados? Para este segmento de mercado tem de ser bonito e confortável.» Félix surpreendeu-se com a expressão «segmento de mercado», que revelava uma Ana Sofia menos lerda que a imaginada, mas também julgou descabido o comentário, que menosprezava a beleza dos tectos cobertos de frescos, elevando o conforto a valor padrão. Mesmo assim, prosseguiu a ronda, conhecendo uma Ana Sofia interessada, embora de intolerável consciência crítica. Houve com ela algum diálogo, pareceu-lhe até seguir bem, «até certo ponto», o mercado. Cipriano da Rosa assentiu. «Estás a ver?», censurou ele. «Nunca se sabe! O processo está a ir muito bem.» Félix tomou balanço e insistiu nos encontros com os filhos. Ana Sofia que, sozinha, parecera acessível, metia-se para dentro na presença dos irmãos. Se eles vinham, não se podia contar com ela. De resto, os filhos ou o deixavam a secar uma hora à espera no restaurante, ou confundiam o local do encontro, ou desmarcavam à última. Ao todo, conseguiu um par de refeições com todos, ouvindo um Armando patologicamente verboso, enquanto os outros mastigavam consultando a hora como se estivessem a cronometrá-lo, até ao momento em que o pai, solene, referiu a herança e as suas últimas vontades. Talvez seja conveniente referir a forma como ele introduziu o tema. Disse: «Já sei que isto não vos interessa e que os almoços com o vosso pai são sempre uma grande chatice.» Os rapazes, conformando-se ao papel distribuído, puxaram em uníssono dos telemóveis. Ana Sofia mirou as unhas azul-cobalto, e bocejou. Mas se não houve interesse, também não houve gritos nem recriminações de parte a parte, e Cipriano saldou a campanha como positiva. Mas quando Félix lhe confessou que não lhe parecia aquela a via real do testamento justo, o advogado concordou, era uma via sinuosa, a continuar, arduamente, até deixar de ser, lá para o fim dos fins, árdua e longa. «Com o tempo, vai-se lá. E no fim até se esquece que foi longa», disse o advogado, mas tempo o Félix julgava já não ter assim tanto. «A ti», disse Félix, «legaria eu todos os meus bens com prazer e confiança. Até tos deixava já hoje. Incluindo a minha mulher, que faz muito boa companhia.» «Tu queres à viva força livrar-te desses bens! Goza-os, acalma-te e goza-os!» Félix levantou-se, foi até à janela de onde se via um pátio regurgitante de limões nos limoeiros, e os pontos amarelos quase lhe saltavam às pupilas na luz crua e directa de uma aberta entre nuvens. Cipriano levantou-se também, veio pôr-lhe um braço sobre os ombros. «Isto só acaba no fim. Não tenhas medo, a morte não é nada do outro mundo.» Félix agarrou-se a ele a chorar. «Se calhar dou-lhes tudo agora, ao menos ficam a perceber como gosto deles. Muito. Muito.» Cipriano achou o processo bem encaminhado. «Podes fazer doação em vida, assim mantém-nos debaixo de olho, vês como se comportam com o que lhes dás. Mas cuidado», avisou o amigo, «lembra-te do Rei Lear, nunca é bom pôr o carro à frente dos bois.» Tinham-lhe ficado da aldeia umas expressões que não sendo jurídicas, alegravam a lei. «Mas agora não penses mais nisso, vem cá para a semana, e vamos falando.» Ele saiu a pensar nos bois da aldeia nativa do Cipriano, com certeza substituídos por outros da mesma laia benfazeja, quem sabe se da mesma família, ruminando de pai a filho as mesmas ervas.

 As crises de angústia da sucessão foram rareando, Félix voltou à acção imobiliária e coleccionística, com prazer redobrado. De vez em quando pensava para si próprio, «Que belo património deixarei aos meus filhos!», mas a noção de filhos descolara daqueles varões, era geral, histórica, o que vem antes, antes do que vem depois. Um dia o Júnior veio a casa dos pais celebrar ao almoço, sem o fardo dos irmãos, o aniversário da mãe. Félix achou a altura ideal para lhe falar das últimas aquisições, quis levá-lo ao escritório para ver as tais gravuras. Ele acedeu, sem grande enfado, estava a apreciar ser filho único. Antes de tirar do leitoril o famoso livro das gravuras do século XVIII, Félix mencionou o património e a herança. Júnior, de bom humor, ouviu um pouco, depois perguntou, agudo: «Eu posso recusar a herança, não posso?» Félix viu-se atingido por um raio, atónito, sem palavras. «Vê lá o que fazes!», avisou o Júnior. «Vocês no imobiliário são um bocado trafulhas. Não me deixes dívidas, que eu não aceito pagar as tuas dívidas.» «Mas o que é que te faz pensar que eu tenho dívidas?», foi a única coisa que lhe ocorreu perguntar. «Só te estou a dizer que não me metas nas tuas trapalhadas, eu agora tenho tudo a andar, tudo certo.» E depois, sem transição: «Mas não estás doente, pois não?»

Não estava doente, mas correu para o Cipriano. «É um bandido!», gritou, logo à entrada. «O Júnior é um bandido.» O Cipriano sentou-o, deu-lhe um golo de gin, sentou-se ele mesmo de banda na secretária, para ficar mais à mão. Félix tremia de indignação. «Acha-me um bandido, acha o próprio pai um bandido. Diz que recusa a herança, que estou cheio de dívidas, quero que ele me pague as dívidas! É inconcebível! Diz que sou um trafulha!» E repetia: «Recusa a herança! Recusa a herança!» «Chegamos talvez ao fim do processo, ou perto dele. Legalmente, está no seu direito, pode recusar, não o todo, mas parte da herança. Se houver dívidas...» «Não há dívidas, já te disse!», gritou Félix. «Então ele não recusa, ou recusa?» «Não recusa a herança, recusa as dívidas que não existem.» «Então estamos de acordo. E que mais disse ele?» Com um nó na garganta, Félix lembrou-se de repente que o Júnior tinha perguntado se ele estava doente. Disse, acabrunhado: «Perguntou se eu estou doente.» «*Como* é que ele perguntou? Lembra-te com rigor.» Não era possível. Félix estava nesse momento tão alterado com a acusação que não olhara, nem ouvira bem. «Ele perguntou como quem dissesse: mas tu estás bem, não te vou perder tão cedo? Ou, um pouco menos afectuoso: será que vou ter de me preocupar com a tua saúde? Ou, um pouco pior, como quem diz: mas que nova chatice é esta em que me vais meter??» Félix não sabia. «E não disse mais nada?», perguntou o bom jurista. «Tenta lembrar-te.» Félix não vira nem ouvira nada. Deixara-se cair no cadeirão do escritório, a cabeça entre as mãos, profundamente magoado. Quis morrer, ali mesmo, naquele instante, com o livro das gravuras ainda fechado, depois quis queimar as gravuras, o cadeirão, o escritório, a casa, as casas, as quintas, gastar as contas, tudo. Não deixar nada. Nem filhos, nem mulher, que tomaria sempre o partido deles. Passou-lhe pela cabeça o jovem Lobo ávido, mas teve nojo dele. Agora, no gabinete de Cipriano da Rosa, ocorriam-lhe alternativas, caridades que poderia fazer a desconhecidos, interferindo no seu destino como um deus, e sentindo-se menos inclinado para as instituições, elas próprias dadas à corrupção. Cipriano ouvia e assentia, a lei poderia acomodar também aquelas fantasias. «Em breve, disse ele por fim, vais lembrar-te do tom em que o teu filho mais velho te perguntou se não estavas doente. Ou melhor, vais *criar* esse tom, e vais lembrar-te dele exactamente como o criaste. E como é momentoso, esse tom, e vale para sempre, o que eu te desejo é que possas criá-lo de forma a consolar-te. Será uma pergunta feita com o cuidado, o amor, a vigilância que um filho tem pelo pai idoso, e isto não em virtude do dever ou da obrigação, mas em virtude da sua própria e natural virtude.»

XII
VISITAR AMIGOS

Vamos ver se consigo mostrar-te a cidade. Ainda não tínhamos apertado o cinto de segurança, já ele me anunciava os circuitos e os pontos de interesse. De mãos no volante, vigiando a estrada, conta-me o último sonho. Não tem a hesitação própria dos sonhos, põe apenas facto atrás de facto, aconteceu isto e eu fiz isto e depois deu-se esta outra coisa curiosa. É assim há trinta anos, onde quer que nos visitemos no largo globo terrestre, ele em Moscóvia, eu em Cambrígia, eu na Oxónia e ele em Munique, e assim por diante, uma conversação interrupta e ininterrupta, começando nestes sonhos esquisitos que ele tem um par de dias antes de eu chegar. A alegria que sempre trago em revê-lo sofre um pouco. Vislumbro, entrevejo, na sombra do que para mim é o sonho dele, ser mais um terno estorvo no momento. Mas a força do reencontro, registando algures o sonho, também ensina a menosprezá-lo, e põe-no no seu devido lugar, entre parênteses. Conto-lhe eu as peripécias da viagem, depressa esquecidas pelo trunfo de outras tantas peripécias e pela grande presença do presente, tão avassaladora que tem de ser vivida com moderação. Rimos porque não chove, rimos do trânsito que não há, e a conversa começada dois dias antes ao telefone continua pela autoestrada.

O que o sonho lhe dissera antes, dizia-lhe agora o director do departamento por telemóvel. Há momentos assim de harmonia. Paco era chamado de urgência como cicerone de um grupo de historiadores chineses e não podia acompanhar-me. «Mas eu dou-te os *links*», disse, e suavizou o golpe. Nessa primeira noite, enquanto ele atendia o telemóvel e depois centrava toda a sua existência no ecrã do computador, deixei-me estar discretamente a pestanejar no sofá até adormecer. Ele enviou-me os *links* perto da meia-noite. Enquanto se escapulia da sala sem um ranger de porta, eu sonhava algo repetitivo e mediano, meninas dentro de jaulas e mães que julgam não estar à altura de si próprias. Era um lugar exótico, muito arborizado, que fazia pensar num jardim zoológico e numa marquise. Talvez tenha vindo daí o apetite de bosques ao acordar. O «meu» quarto, assim designado pelo hábito de apartamentos dispersos pelo mundo ao longo de décadas, apresentava-se linear e limpo. Um colchão no chão, roupa de cama imaculada, uma lâmpada excessiva presa ao tecto por um fio. Era afinal o quarto das visitas, que o Paco deixava inconcluso, numa abstracção de hotel, até se mudar para outro apartamento perto de outra universidade de acolhimento algures no mundo. Aí fiz a temível insónia das três da madrugada, dominada pela preocupação de não conseguir voltar a adormecer em tempo útil, o que se cumpriu.

De manhã havia uma reunião para que ele ia atrasado. Mesmo assim começou uma narrativa atinente à investigação sobre o *gulag*, que eu conheço bem de conversas de longa distância, como se a nossa presença no mesmo espaço exigisse novo assentamento dos termos. Mas quando me acomodo para o ouvir, ele lembra-se dos chineses e sai pendente de conclusões, ainda que parciais. Esqueceu-se primeiro das chaves, depois do portátil, e pela porta, por uma nesga aberta, repetiu a exortação: «O Memorial do Holocausto, ao menos vê o Memorial do Holocausto!» Ele não se livrava dos visitantes senão para a semana. E eu, querendo muito ver Berlim, achava-a, no entanto e no instante, mais apta ao remanso tristonho que induz o betão por cima de massacres, cobrindo ruínas. Apta ao estudo ou, na falta dele, à contemplação de paredes cegas. Mais uma tigela de sopas de café e logo saio. Enrosquei-me e aninhei-me, olhando pela janela cinzenta o dia pesado, puxei do livro, e esqueci-me de tudo.

Desperto com um raio de sol em cheio no olho pela uma da tarde, lembro-me com um baque na alma de que tenho afazeres. Penso: «Aos parques e jardins!», pela minha deformação profissional que sempre me leva para onde há mais vida vegetal, mas oiço em eco a voz do Paco *remember! remember!* e vou ver os *links*. Imediatamente descartada a lista das *Dez Coisas Mais Divertidas a Fazer em Berlim*, iguais a todas as outras cidades e vilas do planeta, concentro-me no mercado seguro da Segunda Guerra Mundial, como ela é entendida, às fatias, por cenas animadas. Estas pessoas aqui torturaram estas pessoas aqui. Há umas pessoas fardadas assim e outras pessoas marcadas a ferro, assado. E *Checkpoint Charlie*.

Curiosidades do nosso planeta. Umas têm uns olhos desorbitados assim, outras estão de costas ou de lado e não se lhes vê a fronte. Umas, vítimas, outras, carrascos. Umas, multidão pávida, outros, poucos, impávidos. Com muito respeito, com toda a dignidade. Afinal o chão ali indica e esconde horrores nas reconstruídas ruínas deles, e a prosperidade do presente tem de ser multiplicada. Arranco-me do sofá às duas da tarde para passear até aos pontos mais famosos do campo de extermínio de Sachsenhausen. Parte de mim quer, parte de mim teme, ver o memorial do Holocausto. Os relatos que conheço não são de molde a querer ir a correr visitá-lo. Precisa de tempo, preparação, disponibilidade de cabeça e coração. Portanto, ala para Sachsenhausen. Ia arranjando o meu lanchinho, a garrafa de água com o chá da pedra, o pão sem glúten, era pouco provável que tal lugar solene se compadecesse com um quiosque ou um café. Começarei como manda o figurino pelo paredão de fuzilamento, seguindo para o célebre barracão 38 onde se amontoavam as vítimas a exterminar, as celas de castigo onde se torturavam as vítimas, a enfermaria onde se faziam experiências médicas nas vítimas, e a *pièce de résistance*, o forno crematório onde enfim as vítimas eram reduzidos a cinza. Conhecia o caminho para a estação, dali a Sachsenhausen é meia hora de comboio, desviei como quem não se quer perder pela Catedral dos Franceses e sigo para a estação quando oiço gritar o meu nome, e logo sinto um toque no ombro: «Anara? És tu?» Olha-me um homem de meia-idade, de camiseta branca e calças de ganga, o boné de pala. Se quisesse passar despercebido, não teria feito melhor. Dá-se o caso em que olhos reconhecem olhos e pouco mais. Nem tanto olhos, mas o olhar, o sorriso caldo, que provoca na memória o alvoroço, um torvelinho, como é que ele se chama, mas como raio é que ele se chama? Sou o Harald, diz. O belo Harald, o *viking* viril! Acorrem do fundo do passado, num arco fulminante que me atordoa, nítidos, refulgentes, os longos cabelos ruivos de *henné* e os olhos verdes cintilantes, o sorriso triunfal, o porte encantador que se curvava para nos ouvir, duma altura que roçava a altitude; onde, o espalha-brasas da carrinha Volkswagen – neste? Na praça da Catedral, nem rasto desse, e eu repito Harald? Harald! Seguem-se efusões. Fora uma intensa paixoneta estival! Relembrámos de supetão incidentes facetos, o equívoco que primeiro nos levara um contra o outro num parque de campismo algures no sul de França; os beijos, as noites estreladas sem futuro e a separação feliz. Depois, uma troca galante de cartas e postais ilustrados, à razão de um por ano, transitando cada um para a sua órbita própria, de que nem nunca deveríamos ter voltado a sair, não fora esta nova coincidência, cruzando-nos numa zona tão pequena de Berlim que só faltava atirar-nos para os braços um do outro. Como é possível, como é que me reconheceste? O Harald vivera o seu percurso saltimbanco, partira vários ossos a sarfar, depois pusera a uso o que aprendera, tornara-se ortopedista e errara a vocação. Agora, disse, com uma pirueta impecável, já reformado e pondo a bom uso a fortuna, fundava a sua própria companhia de bailado. Por isso continuava estudando em tudo o movimento. O passado assim por grosso é sempre rápido a dizer. Reconhecera-me, disse, pela minha maneira de andar, em que eu nunca achara nada de especial; pela forma como pisas, disse, e imitou tal e qual o meu cambado gingar meridional. Se o inglês dele estava ferrugento, o meu alemão era uma ruína. Mas entusiasmou-se, exibiu a propósito um jargão técnico que muito me comoveu, ortopédico-bailarino, e explicou-me que o mais natural era eu acabar por ter problemas nos joelhos. À procura de palavras, entre pausas cada vez mais curtas, fomos avançando para o deleite e a sombra. Os reencontros são de caminhar. A coincidência, a verdadeira sincronia, torna-nos supersticiosos e humildes, torna-nos peregrinos, mas move-nos sem um destino. E assim foi, por veredas, ao longo de canais, e pontezinhas, por bancos de jardim, lagos de botes a remos, esplanadas e cafés. Uma tarde romântica, deliciosa. Uma temperatura amena, que nem a poluição conseguiu perverter. Cada um lembrava o que lembrava, que o outro podia estranhar. Conheci a nova maneira de encomendar o vinho, madura no maduro Harald. Olhares de viés para meninas com idade para serem suas netas, e até, por uma vez, eram, *oh*, disse ele, *são as minhas netas!*, e puxou-me para trás de um arbusto para as ver melhor. As meninas brincavam no parque, eram meninas louras e franzinas, pareciam apegadas uma à outra. Vi que ele procurava a vigilante, e encontrou, apontou-ma com o indicador frouxo, como se lhe custasse acreditar na situação. Era a filha, ele não se dava com a filha, que não se dava com ele, e mais do que isso, omitiu. Continuava alto, como nem podia deixar de ser, mas a altura que fora a de um conquistador, agora parecia encolher-se numa consciência crónica das arbitrariedades e injustiças da vida. Ele afirmava que eu estava na mesma, e eu sorria. Não tinha muito para lhe dizer, são três décadas de investigação e de ensino, romagens a desertos que foram mares, a falésias, a jazidas e afloramentos, armada de escopro e martelo, bússola, lupa e frasquinho de ácido clorídrico! Ah, as alegrias da lupa, como partilhá-las sem afectação com bailarinos ignaros? As alegrias da lupa e do microscópico, a busca no sedimento de éons por esporos e pólenes levados no vento sobre os mares; em certo ano, em que tudo me aconteceu acumulado, a morte da mãe, um novo divórcio, um novo casamento, o corte com alguns amigos da parte do divorciado, a saída de casa do filho comum, houve também o triunfo de uma descoberta, na amostra de matéria fina e escura que se revelou fecunda – trazendo à luz um elo desconhecido e uma questão que podia ferir de morte uma teoria fossilizada! Depois, que mais? A obsessão do próximo projecto, no seu acaso e necessidade, e lições e palestras pelo mundo, artigos escritos, lidos e comentados por dois ou três especialistas da mesma especialidade – e uma certa fadiga feliz de tão profundo e afunilado tema. Eis o resumo do currículo. Mas o amigo acha nele um *glamour* de brilharetes, repetindo, com os olhos postos nos meus: «Incrível! Parabéns! Incrível!» Ele, por sua vez, perdia-se, achava-se, o Harald tinha bem gizadas as explicações da sua vida, uma ideia positivista de si próprio, por fases delimitadas adiante e atrás por momentos de iluminação e revelações, indo com regularidade do pior para o melhor. Também nele se tinham dado grandes extinções e novas eras. Depois de enunciar o evento catastrófico comentava, forçando-se para cima, ao sorriso: «Esse Harald morreu.» Para mim, ele era a afectuosa companhia que me livrara de uma tarde de horror. Almoço e caminhada, café, gelados, foram pouco para tanto que tínhamos a dizer. Porquê então aquele silêncio ao cair do dia, cada um na sua fita de caminho, e eu a sentir nele uma gravidade que me angustiava, como se todas as possibilidades dali em diante fossem melancólicas, e isto por imposição própria, tão oposta ao *élan* libertador do outro tempo. Parou o primeiro impulso que nos pusera em marcha em frente à Catedral dos Franceses. Despedimo-nos como num sonho, confusamente, no mesmo portal, na fenda sincrónica em que nos tínhamos encontrado. E percebendo que afinal íamos ambos na mesma direcção, ele sério e eu a rir, improvisámos um bailado, acertando por momices um outro passo, e reentrando no mundo dos viventes.

*

Volta o Paco. Só quando o vejo é que me lembro de Sachsenhausen e do Holocausto. Confessei-lhe a intenção, acenei o saco vazio do lanche como prova, disse-lhe que consultara os *links*, que estudara a História, que saíra a porta absolutamente determinada a ir a Sachsenhausen, e contei-lhe o inesperadíssimo encontro com o Harald. Ele estava muito cansado, estes chineses eram minuciosos, e o Paco estava interessado em Pequim: já trazia debaixo de olho a próxima investigação sobre os campos de reeducação e a estratégia carcerária dos anos cinquenta na China. O seu dia fora vivido nesta perspectiva de exigência. É natural que comigo, para equilibrar, tenha sido laxista. «Tens muito tempo», disse. Saímos para jantar, era um restaurante pitoresco, supostamente núbio, em que se comia malagueta às mãos cheias. Com o coração aos saltos do picante, pois que eu lhe confessara ter visto os *links* e programado os dias, o Paco fez-me o prévio relato do que eu veria. Entre arquejos meus, arfadelas flamejantes e caroços de azeitona, ele informou, contextualizou, deu a linha geral de entendimento ao que eu veria. Não sendo tão sensacionalista como os textos dos panfletos dos seus *links*, a leitura erudita que ele adiantava não andaria muito longe. Pretendia que o escândalo, a tragédia, o enorme e o intenso, o catastrófico e o arrepiante, o horrendo e o medonho, numa palavra, o monumental, encenados para efeitos de moralidade&marquetingue, serviam para não deixar morrer o sofrimento das vítimas. Serviam para sedimentar a memória. E lembrar era obviamente não voltar a fazer. Era profilaxia. Mas ele acreditava na pedagogia pela História?, perguntei. Disciplina que dera resultados tão seguros, tão visíveis, tão duradouros? Ele encolheu os ombros, disse que não se entendia o presente sem o passado, achei-o nos mínimos do esforço. «Pensas que não voltarão a fazê-lo?», perguntei. «Sim, talvez, mas não da mesma maneira. Voltarão a fazê-lo, estes, outros, sacrificando outros, ou mais destes, mas isso não significa...» E eu meti-me logo na reticência: «Claro que não significa!» Quando tudo estava terminado, os braços sujos até aos cotovelos, os beiços requeimados, os olhos injectados de sangue, e lágrimas escorrendo pelas faces lambuzadas, disse eu, rouca: «Já foste ao Jardim Botânico?» Ele sorriu carinhoso com o canto da boca. «Olha que estas visitas históricas são feitas no máximo respeito. Os Alemães não brincam, quando se trata de respeito. E são absolutamente inflexíveis na defesa do antissemitismo.» Podia ter terminado ali, mas adiantou: «Sei que para ti uma realidade ou tem os seus duzentos e setenta milhões de anos, como a *Gingko biloba*, ou não oferece perspectiva; mas nós, humanos, vivemos à nossa escala.» «A *Gingko biloba* nunca fez mal a uma mosca», balbuciei. O picante deixara um rasto de destruição no esófago. Em associação ao picante, mormente da pimenta, sugeri: «Talvez salgando o chão?» «Não há maneira de evitar os horrores da História. E é melhor irem em excursão, nem que seja divertida, do que não irem e nem sequer saberem que existiu.» Não podia rejeitá-lo, nem contradizê-lo. Pisávamos um limite e estava fora de brincadeiras. Conformei-me, afinal, a passar um mau bocado. E ficar a saber o que já sabia, mas com imagens indeléveis de pormenores sórdidos. Mas foi ele quem sonhou com o busto da Nefertiti, olhando-o fixamente de cima do frigorífico, numa exigência intensa e tão enigmática que o fez saltar sonâmbulo da cama e ir espreitar o quarto das visitas, para ver se eu era eu e se estava onde devia estar.

*

No dia seguinte continuava a ter na agenda a excursão de meio dia à *Alemanha de Hitler* com guia especializado, incluindo o lugar fantasma do imperdível *Bunker* onde o *Führer* vivera os últimos dias, apimentada com fantasias de fuga para a América Latina, na companhia da famosa *starlette* Eva Braun, a namoradinha dos Alemães. A fuga para a Argentina, onde o monstro terá vivido feliz e em paz com a sua

Visitar Amigos

Evita Braun, lenda que achei sempre apenas caricata, é afinal para o Paco objecto de estudo, enumerando teorias e os factos que as corroboram ou desconfirmam. Ele teima no científico, para o delimitar muito bem delimitado e o separar do *falso facto*, armadilha-mor e alma danada do historiador. Conhecendo, e aceitando, o meu «excesso patológico de sensibilidade para o macroscópico», aconselha-me em alternativa a visitar no Museu Novo um acervo de múmias de encher o olho, o busto da Nefertiti em perfeitas condições de vida (roubada, climatizada, exibida, admirada) e uma excelente colecção de papiros. Mas eu disse-lhe que na minha agenda estava a *Alemanha de Hitler três horas e meia a pé com guia especializado*, que não era barata, embora oferecesse cancelamento gratuito; e que se eu começasse a afastar-me da agenda, e do conselho do amigo, não teria mais onde me agarrar. O folheto da *Alemanha de Hitler* era imperativo nos seus objectivos: «Conheça a apavorante Chancelaria do Reich! Confira o Ministério da Propaganda de Goebbels! Passe pela famosa sede da Força Aérea de Göring! Confira os resquícios do Quartel-General da Gestapo e da SS de Himmler no museu chamado *Topografia do Terror*!» É evidente que tinha de se arrancar cedo, pelas nove da manhã, para conferir tanta miséria. Levanto-me às oito, mochila às costas, não chove, mesmo assim o Paco, encostado à bancada, estende-me o chapéu de chuva fraternal e acena-me agradado que tenha um bom dia. *Vou tentar ver tudo pelos teus olhos*, é o que eu respondo.

À distância, enquanto atravesso a rua, desenham-se os meus companheiros de estudo turístico, na incongruente indumentária do Verão setentrional, calções de colono africano, ténis *high tech* e capas de plástico para a chuva. Quando olho para a frente, oiço atrás de mim o chiar de travões, um grito, entrechocar de metais, um baque, um silêncio. Olho em volta. A ciclista estendida no chão, o condutor parado, de pé no meio da passadeira, de mãos na cabeça. Um acorrer centrípeto de gente que por ali andava, o carro da Polícia, como instantaneamente saído do subsolo, o estabelecimento de uma zona, o lugar do atropelamento. Quando chega a ambulância, deslizante, discreta, a zona é outra realidade, coincidência de inocentes rumos diversos em que o dar-se da ocorrência impõe a forma visível da lei. O condutor para evitar bater-me em cheio atropelou a ciclista, uma raparigaça loura, avantajada, jazendo imóvel, como se ignorasse ainda as regras do movimento na zona do acidente. Corro para ela, pergunto-lhe se está bem, ela olha-me sem perceber, alguém lho repete em alemão, ela continua muda, franzindo o sobrolho a si mesma, sem compreender ainda o facto e como reagir ao facto. Ia de casa para o supermercado, por exemplo, viu-se interferida, elaborava dentro de si a surpresa, quem sabe. *Consegue levantar-se?*, pergunto, e percorre a seita de espectadores interactivos um eco de censura, todos filmam a cena nos seus telemóveis, sabem que ninguém se levanta depois de ser atropelado e de ver estabelecida a zona do acidente. Eu vigiava impotente a partida da *Alemanha de Hitler*, avançando ligeira, colectiva, radiante, para o fantasma do *Bunker* e outros mimos. A ciclista, ainda entrosada no pedal do seu veículo, não se levantava, e eu, sem saber o que fazer e sem saber o que fazia, incomodei o polícia perguntando se podia acaso ir-me embora, que perdia a excursão. Ele ofereceu-me inesperada interpretação do facto em presença: fora para se desviar de mim, atravessando distraída na passadeira, que o condutor em subido grau de alcoolémia e excesso de velocidade acertara na senhora. Não acautelei, pela minha distracção, a distracção de outrem, e ali jazia a minha, por interposta pessoa, vítima. Sendo eu a causadora inadvertida do acidente, *Die Person*, a vítima, *Die Dame*, e o condutor, *Herr Berg*. E ali estamos, cada um com o seu problema, eu na urgência de me juntar à excursão, consciente de que o novo fracasso em seguir a agenda podia, pela reincidência, ser entendido como má vontade, até rejeição aberta!, moldando porventura uma nova agenda, esta aberrante, em Berlim. Herr Berg repetia-se de braços abertos para sublinhar sinceridade, não me vira senão tarde demais, eu avançara como se a História fosse minha, invasora, sem cuidado, e pela insistência ia ganhando adeptos. O agente quis os meus dados e eu dei. Chegou o momento de fazer o esforço de me lembrar da morada do Paco, que ficou registada em termos aproximativos. A jazente levantou primeiro um dedo e depois a mão direita e todos suspenderam os seus próprios gestos. Seguiu-se um joelho avançado ao asfalto, tacteante, e membro a membro, com a máxima prudência, ela conformava-se ao mundo dos vivos, *Die Dame*. Mas assim como se fez, se desfez quase instantaneamente a cena, zarpa célere a ambulância para outro acidente, o agente mete-se no carro, a ciclista monta e vai, o bêbedo arranca, os espectadores dispersam. A lei alemã, disse-me depois o Paco, é branda com os automóveis, talvez porque se trate de uma indústria poderosa, muito mais branda do que com as suas vítimas. Não impediu que me sentisse todo o dia atordoada, debatendo com a única testemunha que restava a questão da autoridade moral, e outras que dela foram surgindo, sentadas num Café extravagante decorado com motivos do circo, que também vendia lotaria. Mariella explicou-me que os circunstantes comentavam afinal a justiça poética desse atropelamento, e filmavam para postarem nas redes, vingando-se na vítima do terror que era para eles ser peão em Berlim! «Normalmente», repetia, «são os ciclistas que nos atropelam, passam em alta velocidade, há muita gente a morrer!» «Por causa dos ciclistas?» «É verdade», dizia ela, «é verdade. Pode confirmar.» A meio da tarde descobri com esta rapariga um gosto comum e profissional pelos fitofósseis, e, mais e melhor, por esporos e pólenes arqui-ancestrais. Mesmo correndo, acabámos a tarde a chegar tarde ao Jardim Botânico, cujas estufas fechavam às seis e meia.

*

Nessa noite, sonho que estou na minha casa de Coimbra, no escuro fresco da sala, olhando pela janela. Lá fora não se distinguem formas, mas uma nuvem de areia vermelha trazida pelo vento siroco sopra tão forte que faz bater as vidraças. Desta vez não me deixo comover pelo sonho, critico até um certo empobrecimento do meu inconsciente, como se a imaginação se empanturrasse de disparates durante o dia e o sonho não soubesse como falar-me à noite senão de forma prosaica. De manhã, para aliviar da Segunda Guerra Mundial, passo à Guerra Fria e compro *online* uma visita guiada aos restos do Muro, chamada *O Muro e as suas Fissuras*. Por trinta dinheiros se propõem histórias sobre fugas e tentativas de fuga de Berlim Oriental. Esta excursão implicou alguma pesquisa. Os túneis davam que falar nos canais da televisão, todo o bicho-careta conhecia um ou outro episódio de algum filme ou documentário. A excursão devia afazer-se a essas narrativas semi-ficcionais e não hostilizar pelo aparato documental e crítico o cliente que vem curioso, mas moderadamente curioso. As vidas individuais, nestes relatos, embora semelhantes, deviam exibir alguma característica que as tornasse diferentes, mas sempre atravessando o Muro com dramatismo. O mais das vezes os escapistas morriam logo ali, atingidos pelas costas. A excursão contava em duas palavras a vida que levavam (era sapateiro, era intelectual), o motivo da fuga, a separação de algum ente querido, um sonho, uma esperança, uma perseguição, e pumba. O muro era o fim da história. Mas quando conseguiam usar com proveito os túneis, ficava um vazio de futuro, o que lhes acontecera? Viveram felizes, nos braços de algum amor de juventude, rodeados da família devota à memória das suas provações? Ou enlanguesceram, para sempre desempregados e azedos, vivendo à custa de um parente que já não podia ouvir a conversa da travessia do Muro? Os relatos existentes no folheto eram sobretudo de amor familiar (filial, paternal, fraternal, maternal, avuncular e cognático). Nisto teimava-se na natureza imorredoura do sangue, nunca mencionando, por exemplo, a amizade como motivo de fuga, sobretudo a amizade antiga. Ninguém se dispõe, ao que parece, a atravessar o Muro, arriscando a morte pelas costas, para se ir juntar a uma querida amiga com quem se jogou à macaca ou a um amigo com quem se partilhou as primeiras sevícias. E soube que esse familismo seria um espinho cravado na garganta do Paco (historiador, tipo de académico errante, como eu, teses várias em Socialismo Utópico, doutoramento em Gulag dos Sovietes, com declinação pós-doutoral de repetição em campos de concentração e extermínio soviéticos, agora alemães e adiante chineses). Nas *fugas pelas fissuras*, o Paco valorizou sobretudo a questão do *gulag*, dos perseguidos pelos valores, pelas ideias. E rejeitou, também ele, as histórias de amor e casamento além-mural que seriam as mais populares na excursão dos promotores. Reivindicavam assim, os folclóricos, a um tempo o direito à fantasia sensacionalista e ao anacronismo, e o desprezo pela verdade dos factos, pilares da *guerra à Verdadeira História* que Paco abominava. «Mas enganas-te quando pensas que não havia histórias de amizade nessas fugas», disse-me, «e bem profunda e arriscada. As redes que as organizavam e apoiavam, os amigos que ficavam para trás a encobrir-lhes o rasto, foram o mais das vezes martirizados.» Diante desta verdade que não admitia réplica, calei-me outra vez. Mas de certa maneira, com a leitura do panfleto da excursão, ficou visto o *Muro e as fissuras*.

Depois leio, com troça e pavor, a propaganda da excursão ao museu-sede da Gestapo e ao edifício da Luftwaffe. *Topografia do Terror* é o apelativo título da primeira, uma aliteração de truz. Quem nunca torturou outro ser vivo que lhes atire a primeira pedra. Depois de muito ponderar, reincido na *Excursão a Pé de Meio Dia aos Infames Locais do Terceiro Reich*, dando-me, como se diz agora, uma segunda chance. O exercício, pelo menos, havia de me fazer bem, embora a sombra rareasse lá pelos infames locais. Para evitar ter de ver as imagens em exibição, resolvi encaminhar o Paco para a questão dos itens não incluídos na caminhada (as gorjetas, as bebidas, os bilhetes do transporte). Estávamos em casa, ele com o portátil no colo, e eu na mesa, atracada ao meu. Pesquisávamos. Depois surgiu-me a pergunta: Que gorjeta seria aceitável para o guia dos terrores? A caminhada não é barata, mas admitamos que não é fácil para ele. «Deve tomar-se em linha de conta», disse eu, «que o guia repete todos os dias, provavelmente várias vezes por dia, o relato das atrocidades da Gestapo. Terá de ser ressarcido pelo endurecimento de artérias emocionais, pela castração de todo o seu ser coronário, e financiado para acorrer à terapia pós-traumática.» Paco falou sobre as duas grandes teses relativas à história e cultura da gorjeta. São elas, a primeira, que a gorjeta é moralmente reprovável no capitalismo normal à antiga, pois nessa modalidade o trabalho é valorizado, garantido e protegido pelo grande capital (ele dizia sempre «grande capital») corporativo e amigo do Estado; já na segunda tese, a gorjeta é moral e economicamente encorajada pelo capitalismo neoliberal, pois considera-se o trabalho uma espécie de ócio com benefícios. Não quis elaborar sobre as teses, nem era preciso, que elas eram claras como água. E a certa altura encontrámo-nos, por desvios e derivações, na descrição de um dos últimos trabalhos do Paco, um longo artigo sobre uma colecção de diários escritos por cidadãos comuns durante o estalinismo, o *Arquivo do Povo*, encontrado em 1990 por um historiador americano no fundo de uma loja de rádios e cassetes em Moscovo. Paco fotografara milhares destas páginas de cadernos e folhas soltas, observando a cada passo, a cada linha, a forma como o homem comum ansiava ser o homem novo soviético, integrando na consciência os dogmas do estalinismo, tornando-se ele próprio seu agente ideológico. Nele e por ele vivia a cabeça de Estaline. Ter-se-ia esperado que nos diários, ao menos, nos seus momentos secretos, o tal homem comum se lastimasse da falta de liberdade, de saudades da sua identidade. Erro de expectativa: era o próprio Estado a encorajar a escrita desses diários de exibição atlética do espírito colectivo transformador. E eu, depois de um silêncio, admito que a despropósito, vi-me tomada de uma reminiscência parisiense, que não me ocorria há décadas, um pequeno incidente de nada a que assisti sem querer. Estou no Seizième, ia a sair da mercearia, parou um carro enorme e suave, dele foram expelidas duas crianças muito pequenas. Seguiram de mão dada pelo passeio até casa, o mais velho tocou à campainha, de cima abriram a porta, o pai arrancou. *Divórcio litigioso?*, perguntou o Paco. *É o que imagino*, respondi.

*

Continua em mim, algures, a sombra desses meninos. Passa-me pela cabeça, sem desígnio, como os fantasmas de pensamentos que não chegam a formular-se, que se o Paco tivesse sonhado outros sonhos, se ele tivesse estado livre, se os nossos tempos se pudessem ter harmonizado, talvez eu fosse com ele ver as atrocidades da Gestapo e visitar com proveito o Memorial do Holocausto, sem desrespeitar as almas dos que foram sacrificados. Ou não é para isso que servem os amigos? Sozinha, havia de ser indisciplinada e evasiva, sujeita ao meu próprio capricho e humores, não sabendo ver o que via. Mas os sonhos dele iam-me rapando a pele, e reparo que está mais fina. A partir do terceiro ou quarto dia da feliz reunião, vejo-o a querer reclinar-se se está sentado, a querer deitar-se se está reclinado. Depois, pergunta-me por Coimbra, a que não regressa há vinte anos, e pelo meu trabalho que ele conhece e tem sempre acompanhado, imaginando que talvez a pausa e a distância me tenham revelado alguma coisa nova. Mas não, o meu trabalho agora é gerir o trabalho dos outros e escrever relatórios bioestratigráficos para companhias petrolíferas de consequência. É monumentalmente aborrecido e petroliferamente bem pago.

*

De um dia para o outro a temperatura em Berlim sobe aos quarenta graus. Eu descubro-me recalcitrante nos confrontos de possíveis caminhadas. No televisor que o Paco tem sintonizado na TV calamidades, entra a agenda dos fogos florestais, sempre apelidados de selvagens, como se a palavra os ajudasse nas suas ambições. Observo-a de coração apertado, à fossilização abrupta. Os incêndios remotos de belas imagens a cores belas, o fogo crepitando no vento, a história deste e deste e deste que tudo perdem, a um palmo de morrer, enchem a casa do terror da incineração ou da combustão espontânea. O Paco vê-me indecisa, quer ajudar, mas não pode. Tem a obrigação dos historiadores chineses. «Porque não te juntas a nós? Vamos ver a sinagoga.» «E os chineses, aguentam?» «Estão habituados a tudo, os chineses não falam da temperatura, acho que nem dão por ela.» «Duvido», digo eu. «*Mas vamos lá*.» E encontrei-me no meio deles, um grupo grave como poucos, de olhar atento e obediente, apontando coisas uns aos outros e assentindo, assentindo. Deles me perdi logo a seguir. As ruas da vizinhança, que em tempos foi o bairro dos judeus pobres, estavam apinhadas de gente, criando demasiadas coincidências no espaço. Vou derivando pelas praças sombreadas, onde forasteiros e berlinenses se despem nos parques e junto às fontes, mostram seus corpos róseos e os expõem ao sol coado pela nuvem das poeiras do Sahara. Eu, pelo contrário, sigo a costela de sul e viajo coberta dos meus véus. Oiço-os cantar na água, aspergindo-se no duche dos chafarizes, canções quase cânticos, um pouco militares, sobretudo quando líricas. Sento-me no meio deles, aceito uma cerveja, pergunto-lhes se já foram ver as atrocidades da Gestapo, e tudo se torna comédia pela falta de contexto da pergunta. Equânimes, os jovens disputam se estará ou não demasiado calor para visitar o museu das atrocidades da Gestapo, mas na sua maioria já visitaram, faz parte do currículo das escolas. «Então e que atrocidades é que vocês têm em Portugal? Vale a pena visitar?» pergunta o mais audaz. Olho-o para compreender que é talvez o único que está a achar a situação difícil, a situação de ser alemão, justificando-se agressivamente e, justificado, tornando tudo igual: em todo o lado o mal impera. Com estes desconhecidos que despejam longas garrafas de cerveja, sinto um impulso didáctico. Talvez por serem jovens, provocam nos mais velhos uma tensão, uma vontade de palestrar. Com eles partilho a minha coroa de glória, a descoberta de uma *Mariopteris nervosa* inteira e perfeitamente preservada onde não devia estar, causando tremores e comoção nos círculos paleontológicos. Por trazê-la à memória, (à planta fóssil) onde afinal existia intacta, encontrei a remota Anara escavadora, agora soterrada em relatórios técnicos para as companhias da indústria. Aceito as exclamações ignorantes e polidas dos adolescentes. São mortos arqui-arcaicos, os fósseis, o sentimento do tempo geológico leva à curiosidade e à indiferença, como saber da actual inexistência de mais uma galáxia; é um fóssil de luz, esse corpo não provoca a indignação da injustiça recente, nem o horror da morte. É um tempo que se recupera a martelinho das entranhas das rochas. Obtém-se, por vezes, na palma da mão, um resto, impresso noutro resto, ambos quase invisíveis a olho nu.

Eles atiram-se à fonte, esparrinham água morna. Ouve-se a aflição das sirenes, cruzando a cidade aos uivos, correndo a internar asmáticos, cardíacos, alérgicos. O asfalto queima. Toda a cidade parece um campo de concentração, com a fealdade do betão que as árvores anódinas não conseguem aliviar. Deambulo por cimento de classe alta até aos jardins do Museu Judaico. Vejo de fora a bela obra arquitectónica, invejando a audácia do artista. Imagino o fresco ar condicionado no interior. Mas fico-me pelos jardins, pela sombra irrespirável cujo cimento exala um calor hadeano. É ali mesmo que convoco o mundo subterrâneo, onde sustêm o fôlego as almas dos incinerados, de cabeça erguida, narizes colados ao betão que as comprime, entaladas em sedimento cada vez mais escuro.

*

Nessa noite Paco anuncia que tem de ir a Hamburgo. Despedimo-nos com um abraço rápido. Virá visitar-me a Coimbra? Talvez. Agora é a China e os chineses, já sabe dizer umas frases úteis em mandarim. E depois, avante para Pequim! Ofereço-lhe um último agradecimento, estendendo para ele as palmas das mãos como se ali estivessem flores de lótus, e pondo na despedida uma nota orientalizante de boa vontade. Não há dissimulação entre nós. Não se encontram sentimentos ambivalentes, nem emoções explosivas, nem conflitos por resolver. Sonhos são íntimos, de cada um, não devem ser devassados. Como nos tempos antigos, têm o seu parentesco na leitura das vísceras ou no voo de certos pássaros. São agoiros, presságios, só para quem os quiser ler.

Fico sozinha no apartamento, deixando correr o tempo que me resta, pensando de vez em quando, ao de leve, no meu pátio interior onde corre uma fonte cristalina, cercado de trepadeiras que se entrelaçam nos ramos das rosas e põem sombras nos muros. De manhã cedo visito o Jardim Botânico com a Mariella, cicerone sublime, que parece conhecer de antemão o que mais me toca. Percorremos essa e outras colecções, e falta-me o tempo para tanta maravilha. À despedida, para além de sabermos tudo uma da outra, tínhamos vários projectos de colaboração para o ano seguinte, ela queria fazer uma estação no Bussaco, eu queria fazer trabalho de campo na bacia do Ruhr. Mariella dispõe-se a levar-me ao aeroporto, o carro, ele próprio quase um fóssil, não pega, vejo-a enervar-se pela primeira vez: «Já sei que não vai querer pegar! Desculpa, ele às vezes pega, mas desta vez ...», diz-me, de lágrimas nos olhos. Faço o possível por tranquilizá-la, percebo a dúvida que ela quer à força tornar certeza, a dúvida sobre nós, ao começarmos uma amizade tão tarde na vida. Pode ser que sim, digo, talvez pegue. Mas não lhe faço a desconsideração de ser optimista.

Apanho um voo nocturno. No aeroporto, na fila, à porta do voo, nos atrasos do voo, sorrio a tudo. O caminho para casa tem destes escolhos. Depois do jantar, no avião, enquanto eles dormem, subo discretamente a persiana. Espreito a noite e sou avassalada. Colo o nariz ao vidro da janela e esforço os olhos para verem o mais que podem. O bafo embacia o vidro, limpo-o com a mão, ele embacia-se de novo. Acabo por suster o fôlego. É sem respirar que admiro e desejo essas estrelas, ordem e ornamento da Terra. Siderada, estou na outra imensidão. Entre o embaciar e o desembaciar do vidro da janela, peço aos olhos que vejam o mais que podem e eles, amigos, recolhem a luz de todas as coisas apagadas.

XIII
ROTAS

L. – Reparas com certeza que, depois de tal confidência, não te pergunto nada sobre ti.
S. – Era uma confidência?
L. – Reparas com certeza na imensa mole de respeito que implica da minha parte não te perguntar nada de pessoal em troca.
S. – Respeito que eu também respeito.
L. – Então conta-me uma das tuas histórias, já que não podemos falar de nada.
S. – Uma das minhas histórias. *(Silêncio)*
Uma vez escrevi uma carta a um fornecedor que eu achava ter tratado com menos cortesia. Justificava como podia a minha falta de delicadeza e pedia-lhe desculpa. O escritório dele era no outro extremo da cidade e eu escrevi rapidamente a nota, mas ainda demorei algum tempo a metê-la no correio – o posto fica a um minuto de minha casa, mas ou me esquecia da carta em casa, ou o correio já tinha fechado, ou era feriado e não abria, ou abria e tinha

uma fila muito demorada para os selos, ou por outra razão qualquer... Lembro-me de que um dia jurei deixar a carta no correio, levei-a na mão para não me esquecer, mas à porta encontrei um amigo, meti a carta no bolso do casaco e não me lembrei mais dela. Por fim, sim, um dia, por acaso, não estava ninguém no correio, eu levava a carta comigo e consegui despachá-la.

L. – As minhas felicitações.

S. – Ora, há duas ruas com o mesmo nome em extremos opostos da cidade, mas acontece que o carteiro conhecia o destinatário da minha carta, e sabia que a distribuição nos correios errara e que o meu fornecedor não vivia na Rua X a oeste, mas sim na Rua X a leste da cidade. Por precaução e para não se esquecer, meteu a carta no bolso, onde andou um ano. A sua ronda seguiu inalterada durante esses doze ou treze meses e um dia por acasos da distribuição de serviço a outra rua caiu-lhe na rota e pôde finalmente entregar a minha carta ao destinatário.

L. – Por todo esse ano o teu fornecedor sentiu ódio pela tua falta de delicadeza, que um pedido de perdão teria em muito aliviado.

S. – Não, nada disso, pelo contrário; se o carteiro não conhecesse de nome o meu fornecedor, a carta teria sido entregue na morada errada e, daí, ou teria ido parar ao lixo ou ter-me-ia sido devolvida; no primeiro caso, e na hipótese algo provável de ser o falso destinatário parecido comigo nestes procedimentos, partiria do princípio de que não havia paciência para devolver a carta; no último caso, teria sido eu a desistir, porque não está na minha natureza ir ao correio duas vezes pelo mesmo motivo. Se se tivesse perdido no caminho, teria obviamente chegado a um destino, mas não ao seu destino.

L. – Sendo a realidade tal qual é, com duas ruas com o mesmo nome na mesma cidade, o erro vem incluído no destino. Não errar é que é alternativo.

S. – A ciência das probabilidades ainda está nos seus primórdios.

L. – E, na tua opinião, porque esperou o carteiro um ano para entregar uma carta cuja importância, valor ou urgência ele não podia avaliar?

S. – Justamente, sendo carteiro, e não um missionário das cartas, o homem não se sente obrigado a agir por si mesmo: nem indicando à distribuição que houve um erro, muito menos indo por sua alta recreação até à morada certa para entregar a minha carta; trata-se de uma carta que lhe foi confiada enquanto profissional do serviço postal; ele não é um mero civil, é responsável dentro de uma instituição. Tem um horário a cumprir e um serviço a fazer, fora dele é um civil com o seu tempo e modo de existir particulares.

L. – É uma questão de forma.

S. – É uma questão de proteger a instituição dos erros que ela necessariamente comete.

L. – Necessariamente? Porquê?

S. – Porque é assim, como qualquer instituição te poderá dizer.

L. – Então essa protecção parece-se muito com corrupção.

S. – A corrupção parece-se com tudo.

L. – Sim, tens razão; mas há estratagemas para fazer distinções.

S. – Será; as questões de forma são também questões de conteúdo, até morais, como verás.

L. – Restava-lhe, portanto, apenas a fé em que um dia a sua rota seria alterada e a carta finalmente entregue.

S. – Não sei se lhe chamaria fé, nem me parece que haja excesso de providencialismo; o homem, conhecendo bem o serviço de uma pequena cidade, sabia que mais cedo ou mais tarde isso havia de acontecer, porque já tinha acontecido no passado; é um *educated guess*, uma coisa mais científica do que parece; não um completo salto no escuro, nem um acto de fé, a não ser fé no determinismo, por mais débil que seja.

L. – A fé no determinismo, ou o determinismo ele mesmo?

S. – Por essa vereda nunca mais nos despachamos.

L. – Não lhe chamaria uma vereda, mas o pilar que sustenta as outras fés.

S. – *(Silêncio)*

L. – Uma espécie de pan-naturalismo que inclui o serviço postal. É que se não houver, grosso modo pelo menos, determinismo no serviço postal...

S. – Se quiseres pensá-lo e te fizer feliz.

L. – É bonito quando se olha de cima, ver este carteiro com a tua carta no bolso, nas mesmas voltas, durante um ano, sem pensar nisso, confiando que a carta com a morada certa por um lado e errada por outro será entregue antes de se tornar completamente inútil a entrega, ou a carta irreconhecível, pó e cinza.

S. – Tem a ver com a ciência também de forma empírica, há um certo respeito pela ordem da natureza que não quer milagres, nem fenómenos aberrantes, não quer apressar as coisas, mas esperar calmamente e se possível em silêncio que as mesmas causas produzam os mesmos efeitos.

L. – Uma forma de fatalismo suave, uma coisa do sul, que se confunde com a preguiça e a tibieza.

S. – *(Silêncio)*

L. – Como quer que seja, a carta chegou ao fornecedor.

S. – Sim.

L. – Diz-me o que aconteceu durante esse ano.

S. – Muita coisa de que não te vou falar; importante é o que aconteceu ao meu fornecedor.

L. – Muito bem, confiaste, diz a Providência, agora vou dar-te a ronda em que essa carta finalmente encontra o seu destino; essas tantas oportunidades perdidas abrem caminho para a oportunidade certa, para que as coisas caiam por acaso e por necessidade no seu lugar.

S. – Exagero feminino; foi apenas uma necessidade do serviço postal; o carteiro da outra ronda ficou doente talvez, ou morreu.

L. – Seria como matar formigas a canhão! A Providência tem de economizar nos seus efeitos!

S. – Então meteu baixa médica, aceitas?

L. – Isso acredito.

S. – De facto, tudo correu pelo melhor: porque na verdade o destinatário da carta, se ela tivesse sido imediatamente entregue, estaria tão furioso comigo que não conseguiria sequer recebê-la.

L. – Mas que falta de cortesia foi essa, causando uma fúria de tal calibre?

S. – A boa maneira é o que nos separa da barbárie. Eu nesse dia tinha dormido pouco, estava impaciente e com pressa, não o recebi como devia e ele estava acostumado.

L. – E viste nele, à saída, algum sinal dessa futura indignação?

S. – Nada de relevante. Mas eu sabia o que tinha feito. E garanto-te que havia de me devolver a carta sem abrir, e isso teria sido um desgosto para mim, que tivera o trabalho de a escrever e de a enviar; ou deitá-la-ia no lixo, e mais uma vez, o meu gesto ter-se-ia perdido; assim, durante esse ano, ele teve tempo de ir à falência, de sofrer um acidente grave, de passar uns meses no hospital, de perder um filho nas drogas e, quando recebeu a carta, ela foi um bálsamo nesse ano realmente pavoroso.

L. – A Providência nunca se esquece de criar o seu contexto. E ele não estranhou essa demora?

S. – Acho que não teve a minúcia de ir procurar a data do carimbo. Eu não tinha datado a carta.

L. – À cautela. É uma carta atirada ao tempo.

S. – Veio ter comigo ao escritório, agradeceu com toda a humildade o meu cuidado e contou-me – embora eu lhe mostrasse, por todas as formas, a minha indiferença – as desgraças que lhe tinham acontecido enquanto o meu pedido de desculpas pela minha falta de cortesia andava no bolso do carteiro.

L. – Porque mostraste indiferença ao homem que tanto sofrera?

S. – Para não lhe encorajar as confidências; o meu trabalho estava feito; agira mal, pedira desculpa, não pensei mais nisso.

L. – És um monstro, um racionalista; que mal tem a confidência, cruel?
S. – Dá-te sobre o outro um poder que não pediste; fica-se quase obrigado a retribuir por polidez.
L. – É estender longe de mais a cortesia!
S. – Além de que a maior parte delas é aborrecida.
L. – Tens é medo da intimidade.
S. – Não tenho medo nenhum da intimidade; pelo contrário, agrada-me, gosto muito, procuro-a e encontro-a muitas vezes; não gosto que me aborreçam com histórias que não me interessam.
L. – És um esteta, então. Tudo fazes para evitar o aborrecimento e, no entanto, tudo te aborrece.
S. – Nada me aborrece, faço mesmo questão de que tudo me divirta.
L. – Ora, ora, não és nenhum pateta alegre.
S. – Tenho os olhos a fecharem-se.
L. – Agora conto-te eu uma história a propósito.
S. – Hoje?
L. – Não costumo anunciar narrativas com antecedência.
S. – Mas que seja breve.
L. – É sobre rotas; eu abrevio.
S. – Muito bem; deixa-me só ajeitar a almofada.
L. – A história que te quero contar estará talvez, do ponto de vista psico-geográfico, não nos antípodas da do teu carteiro, mas é sem dúvida bastante remota. Søren Kierkegaard acabou o noivado com Regine Olsen em 1841. Basta dizer que até à morte de K., quinze anos depois, estas duas almas estiveram convencidas de que tinham o privilégio de se

amarem de uma forma intensa e exclusiva, forma que iam inventando à medida que iam inventando limites e constrangimentos para ela. Mas nada de juízos precipitados. A história que te quero contar é sobre rotas, por causa do teu carteiro.

S. – Já me pesam as pálpebras...

L. – Durante catorze anos encontraram-se os dois ex-noivos em Copenhague por todo o lado, em igrejas, em parques, no caminho ao longo do lago, em ruas, nas muralhas, cruzando-se sempre em silêncio; Kierkegaard ia mudando de casa e anotava no diário as circunstâncias, o tempo, a distância, as alterações da rota, a direcção do vento e as condições climatéricas de cada encontro com Regine. É por estas notas que sabemos que Regine e Søren se encontravam praticamente todos os dias. Em Janeiro de 1850, ou seja, nove anos após a ruptura do noivado, K. escreve que tem visto Regine todos os dias há mais de um mês, ou, pelo menos, dia sim dia não; já ela é casada com o Schlegel há mais de cinco anos; «durante a última parte de 1851, ela encontrou-me todos os dias», e eu comovo-me com esta forma de dizer «ela encontrou-me», como se ele fosse alguma coisa que tem de ser pesquisada, minerada, e enfim, descoberta e jubilosamente contemplada, como uma moeda de oiro a luzir na lama. Em Maio de 1852, escreveu: «No tempo em que eu voltava a casa pela Langelinie, o caminho ao longo do lago, às dez da manhã, a hora era sempre a exacta, o lugar em que se cruzava comigo é que era diferente, cada vez mais acima ao longo desta linha, uma vez quase na caiaria; aparecia a andar

como se viesse da caiaria, e isto era assim dia após dia.»
No princípio desse ano, logo em Janeiro, K. mudara a rota
das suas caminhadas... estás aí?

S. – *(Silêncio)* Pareces conhecer bem a tua Copenhague.

L. – Nunca lá fui; são nomes de lugares, talvez nem sequer existam. Ele ia para casa por Nørreport. Passou-se algum tempo e não se encontraram. E uma manhã ela encontrou-o no caminho junto ao lago, onde ele costumava andar. No dia seguinte, ele escolheu o mesmo caminho, mas ela não estava. Como precaução, diz ele, mudou a rota futura e desceu Farimags-Veien e depois acabou por variar também o caminho para casa. Mas ela encontra-o uma manhã, logo pelas oito – o que dá a medida da sua autonomia doméstica e da sua deliberação – na avenida que vai dar a Østerport, que ele toma todos os dias para Copenhague. No dia seguinte ela não estava. Continuou a usar aquela rota, porque, escreve no diário, «está bom de ver que não posso alterá-la». Obviamente que ela deve procurá-lo, não ele a ela. Mas cabe-lhe a ele não alterar aleatoriamente a rota, uma vez que ela a descobriu. E como não altera a rota, ela acaba por encontrá-lo e cruzam-se ali muitas vezes.

S. – Isso é como acertar tiros em patos de feira. Falta muito?

L. – Um dia anota, naqueles momentos irónico-crípticos que são a sua marca: «Talvez fosse uma coincidência, talvez eu apenas não percebesse o que estava ela a fazer naquela rota, àquela hora, mas como reparo em tudo, reparei que vinha por aquele caminho especialmente se havia vento de leste, portanto, talvez fosse porque não suportava o vento de leste na Langelinie. Mas também vinha por ali quando havia vento de oeste.» Viste como ele faz o sim e o não ao mesmo tempo? No que fala, sabota o que diz.

S. – Estou tão confuso agora.

L. – Não és conhecido pela tua capacidade de concentração.

S. – Discordo, tem-se mostrado adequada, a minha capacidade de concentração. Isso é um ror de ruas e de gente pelas ruas.

L. – A maior parte nem são ruas em sentido estrito. Mas, no dia em que fez trinta e nove anos, e ao contrário do hábito que tinha de passar fora os aniversários, sentindo-se adoentado, K. ficou em casa. Regine vem e «encontra-o» à saída da porta e ele diz que não consegue deixar de sorrir quando a vê, «porque ela passou a ter tanta importância para mim, e ela sorriu e virou-se e cumprimentou-me com um aceno de cabeça» – estes cumprimentos mudos com gestos de cabeça e olhares discretos são toda a gramática pela qual comunicam durante catorze anos, nem sempre com resultados claros, como noutra ocasião te contei – e depois ele dá um passo, cumprimenta-a levando a mão ao chapéu e vai dar o seu passeio.

S. – Isso é perseguição obsessiva, não encontro de amantes.

L. – Não sei se ela o seguiu nesse dia, tratando-se de uma data especial. Já há muito que Regine se tornara no «indivíduo único a que com gratidão chamo o meu leitor», e também o ícone de um mausoléu que ele criara para ela num armário de pau-rosa onde guardava cartas e fotografias e os manuscritos bem encadernados que lhe eram quase todos dedicados. Aborreço-te?

S. – Um pouco, sim.
L. – Não segues bem?
S. – *(Silêncio)*
L. – Então desligo?
S. – Sim, por favor.
L. – Falamos noutro dia.
S. – Sim, noutro dia.

ÍNDICE

I   A DITADURA DO PROLETARIADO   9

II   O BEM DE TODOS   29

III   CATILINÁRIA   45

IV   BAGAGEM   67

V   O MENINO-PRODÍGIO   79

VI   O LENÇO DE SEDA ITALIANA   109

VII   IMPACIÊNCIA   121

VIII CABEÇA FALANTE   133

IX   AS ESTRELAS   153

X   O VELHO SENHOR   165

XI   PATRIMÓNIO   173

XII VISITAR AMIGOS   193

XIII ROTAS   217